KB114090

승소머신 강변호사

승소머신 강변호사 5

가프 장편소설

초판 1쇄 찍은 날 § 2018년 4월 20일
초판 1쇄 펴낸 날 § 2018년 4월 27일

지은이 § 가프
펴낸이 § 서경석

총괄팀장 § 최하나
편집책임 § 이선근
편집 § 김슬기

펴낸곳 § 도서출판 청어람
등록번호 § 제387-1999-000006호
등록일자 § 1999. 5. 31
어람번호 § 제1-2888호

주소 § 경기도 부천시 부일로 483번길 40 서경B/D 3F (우) 14640
전화 § 032-656-4452 팩스 § 032-656-4453
http://www.chungeoram.com
E-mail § chungeorambook@daum.net

ⓒ 가프, 2018

ISBN 979-11-04-91712-7 04810
ISBN 979-11-04-91610-6 (세트)

승소머신 강변호사

5

가프 장편소설

FUSION
FANTASTIC
STORY

청어람
도서출판

Contents

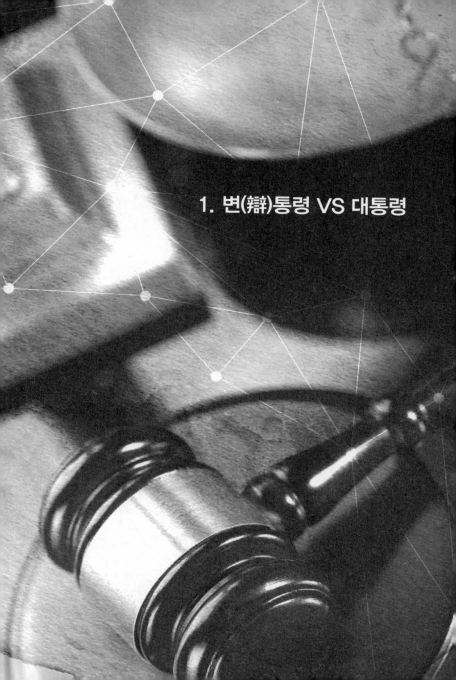

1. 변(辯)통령 VS 대통령

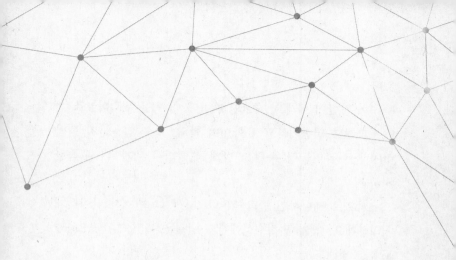

둘은 대통령을 만났다. 청와대 집무실이었다. 리딩의 매개체는 작설차였다.

—내가 정말 어이가 없어서.

—그 철없는 변호사. 아주 혼찌검을 내주세요.

—이혼이라니… 대한민국 국격 무너뜨릴 일 있어요?

—나는 이혼 안 해요. 여태껏 참고 살았는데 이제 와서 왜 이혼을 하겠어요?

대통령의 의중이 나왔다. 그녀는 단호했다. 민선욱에 대해 일말의 죄책감도 없었다. 한번 실수를 평생 우려먹을 작정이었다.

　―이 양반이 이래요. 중요할 때마다 내 속을 뒤집어놓죠.

　―그래도 남편이라고 유학이며 학위, 교수 임용까지 뒷바라지해서 국민들의 존경을 받게 해줬더니 뭐가 더 부족한지……

　―밖으로 새나가면 좋을 거 없으니까 그 변호사 알아듣게 처리하세요. 제가 민정수석에게도 언질을 해뒀으니 필요하면 도움을 청해도 좋아요.

　양주동과 이병세.

　둘은 의뢰인인 대통령에게 속았다. 대통령이 자기 입장만 밝힌 것.

　민선욱에 대해 설명했다지만 그의 과실만 부각시킨 설명이었다.

　자신이 저지른 만행은 한마디도 올리지 않았다. 상대는 대통령. 양주동과 이병세가 파고들 여지도 없었다.

　―어떤 친구인지 저희가 만나보고 조치를 하겠습니다.

　―아무 심려 마십시오.

　둘은 그 말을 남기고 청와대를 나왔다.

　"당신은 지금 대통령을 모독하고 있는 거요."

　이병세가 가세해 소리를 높였다.

　"대통령이 아니라 자연인 정순혜 씨의 행위에 대해 말하고 있는 겁니다."

"이 사람이 정말!"

"그렇다면 선배님은 어쩌다 사모님과 트러블이 생긴 날, 이성에게 마음을 위로받다 들킨다면, 사모님이 그걸 빌미로 평생 비난하고, 모욕하며, 꼬투리로 삼아도 용인하신단 말입니까?"

"뭐라?"

"대통령은 그걸 빌미로 두 개의 만행을 저질렀습니다. 민 박사님의 의사에 절대적으로 반하는."

"만행?"

"말씀드리죠. 대신 이제부터 녹음을 요청합니다. 저도 이런 말을 판사 앞에서 다시 하고 싶지 않으니까요."

"이봐."

"그 전에 대통령께 전화를 걸어 확인하시죠. 그분이 저지른 두 만행. 제이 에스 에이치와 청암 MEC……."

"그게 무슨 소리요?"

"대통령께 물어보면 알 겁니다. 둘 다 그 당시 일어난 일인데 하나는 침으로 새기고 또 하나는 힘으로 빼앗았죠. 이혼 합의가 되지 않으면 법정에서 공개할 수밖에 없는 일이라고 말해주시면 됩니다."

"이 친구가 지금 누굴 협박하는 거야?"

"녹음 시작하겠습니다."

"잠깐!"

여기서 양주동이 나섰다.

"그게 당신이 가지고 있는 대통령의 결정적 유책 사유인가?"

"다른 것은 이미 보여 드렸습니다."

─예술가라는 인간이……

창규가 종이를 집어보였다.

"오랜 세월 대통령은 집요하게 민 박사의 인격을 모독하며 살았습니다. 용서가 아니라 차라리 고문이었죠. 결혼은 당사자의 문제이니 민 박사의 입장이 우선입니다. 지금 제기하는 두 사안은 대통령의 모욕과 고문 흔적으로써 결정적인 팩트입니다."

"제이 에스 에이치? 청암 MEC?"

"예!"

"우리는 들은 바 없네만."

"대통령은 국사에 바쁘시니까요. 아, 말하는 중에 하나가 더 떠올랐습니다. 씨알리스를 넣은 블루베리 감식초도 끼워 주십시오."

"씨알리스?"

"그 또한 당사자가 아니라면 말씀드리기 민망합니다만."

"……."

"아니면 제가 걸어서 두 분 앞에서 확인할까요?"

"기다리시오."

양주동이 전화를 꺼냈다.

"스피커 통화를 부탁드립니다."

그가 화면을 터치하자 창규의 요청이 뒤를 이었다. 신호음이 갔다.

대통령은 전화를 받지 않았다. 한 번 더 핫라인을 눌렀다. 그제야 대통령 목소리가 나왔다.

—무슨 일이죠?

"화홍의 양주동입니다."

—그 변호사 만났나요?

"지금 만나고 있습니다."

—얌전히 눌러놓으셨죠?

"그 전에 한 가지 확인할 게 있어서요."

—말씀하세요.

"이 변호사가 이런 말을 하고 있습니다. 이니셜 제이 에스 에이치와 청암 MEC."

—뭐라고요?

"제이 에스 에이치와 청암 MEC……."

—……!

"거기에 더해 블루베리 감식초에 씨알리스라는 말도……."

띵!

통화가 거기서 끊겼다. 대통령이 일방적으로 끊어버린 것. 양주동이 고개를 들었다. 창규는 담담했다. 귀신도 모르는 세 가지 일.

천하의 대통령이라고 해도 놀라지 않을 재간이 없을 것으로 보였다.

"말도 안 되는 일이라 전화를 끊으신 것 아닙니까? 아니면 국무위원이 방문했거나……."

이병세의 해석은 먼 길로 샜다.

"내 생각도 그렇네만."

양주동도 자기에게 유리한 쪽으로 가닥을 잡았다.

"당신, 자의적으로 조작한 말은 형법 제307조 제1항에 의해 명예훼손죄가 될 수 있다는 걸 알고 있겠지? 공연히 사실을 적시하여 타인의 명예를 훼손한 자는 2년 이하의 징역이나 금고 또는 500만 원 이하의 벌금에 처한다."

이병세가 각을 세우고 나설 때 양주동의 전화기가 울렸다. 대통령이었다.

"대통령님!"

양주동이 전화를 받았다. 대통령은 잠시 침묵하더니 말을 이어놓았다.

　—조금 전 그 말, 누가 했나요?

"강창규 변호사가······."

　—그 사람 지금 거기 있어요?

"예."

　—그 사람 데리고 들어오세요.

"예?"

　—청와대로 오시라고요. 지금 당장!

대통령의 반응은 가히 전격적이었다.

"여보세요."

밖으로 나온 창규가 전화를 걸었다. 통화자는 민선욱이었
다.

　—아, 강 변호사.

"죄송하지만 지금 청와대로 좀 들어오실 수 있을까요?"

　—청와대는 왜요?

"아무래도 오늘이 디데이가 될 것 같습니다."

　—대통령 쪽에서 무슨 말이 나왔소?

"그분께서 변호사를 지정하셨습니다. 해서 지금 로펌에서
대화를 나눴는데 공방 끝에 대통령을 연결하게 되었습니다."

　—그랬어요?

"대통령께서 진노하셔서 청와대로 오라 하시는데 쟁점에 대한 견해가 나올 것 같습니다."

—으음…….

"이 일은 오래 끌기도 부적절하고 쟁점을 공표하는 것도 바람직하지 않습니다. 그러니 쇠뿔도 단김에 빼는 게 좋다고 가능하면 한 번에 끝내시는 게……."

—동의합니다. 들어가겠소.

민선욱의 동의가 나왔다.

부릉!

창규 차에 시동이 걸렸다.

"선배님."

핸들을 잡은 일범이 조심스레 입을 열었다.

"응?"

"저는 간이 떨려서……."

"떨릴 게 뭐 있어? 그냥 소송 하나라고 생각해."

"어떻게 그럽니까? 의뢰인이 무려……."

"사무장님도 그러더니… 대통령도 이 일에 있어서는 한 사람의 자연인일 뿐이야."

"이야, 역시 선배님 배포는……."

"그보다 아까 기분 어땠어? 쟁쟁하신 분들이 자기 홈그라운드에서 닦아세울 때."

"솔직히 저 혼자라면 오줌을 지리며 저분들 압박에 넘어갔 겠지만 선배님이 계시니 겁나지 않았습니다."

"나도 그랬어."

"예?"

"권 변이 있으니 겁나지 않았다고."

"선배님."

"우린 한 팀이잖아? 권 변이 내 곁에 있을 때, 권 변은 무조 건 내 전력의 절반이야."

"선배님……."

"그런 시들한 눈빛 하지 말고 속도나 좀 내봐. 기분 전환 겸 저 차 똥구멍 쫓지 말고 우리가 먼저 가서 기다리자고."

"그것도 마음에 드는군요."

부아앙!

일범이 가속 페달을 밟았다. 차는 양주동의 세단을 추월해 앞으로 나갔다. 마침 신호가 바뀌며 질주는 계속되었다.

'이대로…….'

속도감을 느끼며 창규가 가만히 눈을 감았다. 이 속력대 로… 그렇게 시원하게 끝냈으면 싶은 마음이었다.

*   *   *

관저 앞에서 양주동을 독대했다. 창규의 요청이었다.

"뭐요?"

양주동이 각을 세우며 물었다.

"오는 길에 몇 가지 제보를 받았습니다."

"제보?"

"대표님에 관한 것도 있더군요."

"무슨 소리를 하는 거요?"

"두 가지가 있던데……."

창규는 허공을 보며 첫 제보를 들려주었다.

"지난해 초대형 공판에서 판사를 매수한 적이 있다고 하더군요."

"……?"

"대표님이 말입니다. 법무장관을 지내신 곽청배 씨의 고문으로의 긴급 수혈. 그분의 동기인 대법관 둘을 설득해서 수임 회사에 유리한 평결을 이끌어내셨다고."

"이봐요."

"저는 설득이라고 말씀드렸지만 제보자는 '매수'라는 단어를 썼습니다."

"지금 무슨……."

"곽청배 씨 영입에는 35억, 대법관 둘에게는 각각 3억씩… 서해의 선상 낚시에서 낚시 가방에 5만 원권 현금으로 가득······."

"······!"

"그 돈은 대표님의 실장이 세 번의 세탁 과정을 거쳐 준비했다고요?"

"이, 이봐요."

"또 하나는 '손정이'라는 신출내기 여변호사."

"······!"

"자살했죠? 그 이유는 알고 계실 테고?"

"······?"

"자살하던 날 밤, 그 낮에 대표님 방에서 일어난 일을 소상히 적었더군요. 무리하게 수임을 맡겨 패소하자 어쩔 줄 모르는 신참 변호사를 불러 면피할 수 있는 방법을 알려주시는 대표님······."

"······."

"그날 그녀는 책임을 대신해 옷을 벗었는데 관계 후에 오히려 모욕을 선물받았죠."

"······."

"가슴이 왜 이래!"

"······."

"기막힌 몸매의 손정이. 변호사로서의 능력은 중간 정도. 하지만 최종 면접에서 대표님이 뒤집었죠. 능력이라는 게 머리만 능력이 아니니까. 하지만 그녀의 벗은 몸을 본 대표님은 그 결정을 후회하셨다고요? 이유는 단 하나."

"……."

"손정이의 가슴이 축 처졌던 겁니다. 탱탱한 줄 알았던 가슴이."

"당, 당신……."

위태롭게 버티던 양주동이 휘청 흔들렸다.

"그 말은… 대표님께 옷을 벗어준 그녀에게 치명적인 모욕이었습니다. 만약 자살을 안 했다면… 십 년이고 이십 년이고 대표님과 불륜을 이어갔다면… 대표님이 그 몸이 마음에 안 들 때마다 그런 말을 한다면 그녀 기분이 어땠을까요?"

─가슴이 왜 이래?

창규의 시선은 여전히 창밖에 있었다.

관저에서 대통령을 기다리는 동안 읽어낸 양주동의 섭취물. 그 섭취물들이 알려준 그의 치부.

오바이트가 쏠렸지만 참았다. 다 그런 건 아니지만 초상류층들은 비리도 사이즈가 컸다. 어쨌든 창규에게는 유리한 정보가 될 일이었다.

"이제 민 박사님 기분이 이해가 되실까요? 가해자의 입장에서는 별것도 아닌 빈정이지만 듣는 사람에게는 목숨을 끊을 수도 있는 치명타라는 것."

"……"

"그런 말이 있더군요. 가해자는 그 말을 눈 위에 쓰지만 피해자는 그걸 강철에 새긴다고. 해가 뜨면 눈은 녹겠지만 강철은 녹지 않지요."

"……"

"아마 제게 들어온 제보는 모함이겠지요. 대표님의 인품으로 보아 그런 일은 있을 수 없다고 생각합니다."

"……"

"저희 직원들은 잔뜩 고무되어 있지만 저는 청와대에서 나가는 즉시 그 제보를 폐기할 생각입니다. 대표님은 순리를 아시는 분으로 믿어 의심치 않으니까요."

"……"

"대통령이 오시는군요. 시작할까요?"

창규는 그 말을 끝으로 발걸음을 옮겼다. 양주동은 그 자리에 있었다.

벽에 기댄 채 넋을 놓은 표정으로. 사실 창규는 이병세도 리딩을 했었다.

그 역시 치명타가 될 비밀을 가지고 있었다.

그의 역사는 주로 와인 파일에 담겨 있었다. 와인을 마시며 협박도 매수도, 거래도 즐겼다. 그건 그냥 저축해 두었다. 양주동이 빠지고 그를 내세운다면 현장에서 입을 막아도 늦을 일이 아니었다.

대통령이 관저에 들어섰다. 그녀의 시선이 민선욱과 닿았다.

'너 없으면 못 살아.'

처음에는 두 사람도 애절했을 시선.

그러나 지금은 변했다.

'너 때문에 못 살아.'

'너하고는 안 살아.'

허공에서 마주친 눈빛은 음극과 양극 충돌의 전형을 보여주었다.

대통령은 폭발 직전이고 민선욱은 텅 비었다. 대통령의 창날을 빈 허공으로 막아내는 것이다. 사실 그것만큼 김빠지는 대결도 없었다.

빈방에 네 사람이 앉았다. 대통령과 양주동, 창규와 민선욱이었다. 대통령의 눈빛은 잔뜩 고조되어 있었다. 그에 비해 시든 민선욱은 아주 담담해 보였다. 무엇이든 각오가 된 눈빛이었다.

이혼.

왜 이렇게 복잡한 걸까? 특히나 가진 자들의 그것이 그랬다. 그들은 생각할 것이 많았고, 나눠야 할 것도 많았다. 무엇보다 자신의 이미지 혹은 체면 관리까지 하려 한다. 이혼을

하더라도 그들의 사회 활동에 장애가 될 쟁점을 남기고 싶지
않은 것이다.

"강 변호사."

대통령이 먼저 포문을 열었다.

"예."

"당신 지금 무슨 짓을 하는 건지 알기는 해요?"

"예?"

"비서관 중의 한 사람이 그런 말을 하더군요. 당신 뭐에 홀
린 거 같다고."

"무슨 말씀이신지……."

"최근 당신이 제기한 소송이나 사건들 말이에요 그게 다 일
반적인 변호사의 범주를 한참 벗어나고 있다고……."

"……."

"이런 말 어떨지 모르지만 정신감정 한번 받아보는 게 어때
요?"

"강 변호사는 아무 문제없소."

듣고 있던 민선욱이 나지막이 응수했다.

"민 박사는 가만히 있으세요. 당신 혼자 이런 일 꾸밀 리
없어요. 보나마나 누군가의 꾀임에 넘어간 거죠."

"내가 어린애요?"

"아니라고 할 수도 없지요. 당신은 아직도 세상을 몰라요."

"정치는 몰라도 세상은 당신보다 더 잘 알고 있소."

"뭐라고요?"

"우리 대통령, 지상에서 가장 높은 곳에 자리한 티티카카 호수에 가보았소? 노아의 방주에 나오는 아라라트 산에 가보았소? 내 결심은 지상에서 가장 높은 티티카카에서, 새로운 세상을 시작한 아라라트 산 정상에서 내린 거라오. 숭고하게."

"민 박사!"

"내가 저지른 단 한 번의 실수는 인정하오. 그건 역시 내 치명적인 실수였소."

"아는 분이 또 사고를 쳐요?"

"내 말은 그때 이혼을 하지 못한 걸 말하는 거요. 알량한 명예를 잃고 거지꼴로 살더라도 그때 이혼을 했어야 했소."

"민 박사!"

대통령의 얼굴에 지진이 일었다. 가슴에서 들끓는 분노가 선연히 드러났다. 단둘이 있는 침실이라면 어떻게 폭발했을지 짐작이 갔다.

"민 박사님 변론인으로서 제가 한 말씀 드리겠습니다."

창규가 나섰다.

"당신은 끼어들지 말아요."

대통령이 냉소를 뿜었다.

"변론인으로 말씀드리는 겁니다."

"이 사람이!"

"제 의뢰인의 주장은 두 가지입니다. 첫째, 이혼한다. 둘째, 대통령 부녀가 온당치 못한 방법으로 소유한 청암 MEC의 지분에 대해서는 돌려받기를 원한다. 그 외에 어떤 조건의 위자료도 재산 분할도 원하지 않는다."

"청암 MEC?"

대통령의 눈빛이 민선욱에게 날아갔다. 그날처럼, 시기와 질투, 집착이 가득한 눈빛이었다.

"질러가실 거 없소. 이미도는 죽었으니까."

민선욱이 말했다.

"뭐라고요?"

"그 지분은 공익 재단에 넘길 거요. 나 때문에 날벼락을 맞은 이미도와 그 부친. 그것만이 내 헛된 결혼 생활 유지에 희생이 된 그분들에게 도리가 된다고 생각하오."

"민 박사."

"내 결심은 확고하오. 내 변호인은 더욱 확고하고."

민선욱은 흐트러짐이 없었다. 인생 내내 대통령 앞에서 주눅이 들었던 남자. 그러나 새 길을 가려는 그의 결심은 대통령의 권위로도 넘볼 수 없는 비장미가 가득했다.

"말도 안 돼요. 나는 죽어도 이혼 못 해요."

대통령이 고개를 저었다.

"이혼하셔야 합니다."

민선욱의 공세를 창규가 이어받았다.

"당신은 빠져. 그 나이에 뭘 안다고?"

"세 가지의 충분한 이혼 사유가 있습니다."

"뭐라고?"

"첫째 남편에 대한 모욕입니다. 예술가라는 인간이……. 그 말 기억하시죠? 대통령께서는 남편의 약점을 잡아 평생 모욕과 모멸의 말로 사용하며 즐겨왔습니다. 민법 751조는 타인의 신체와 자유, 명예를 침해하면 불법 행위를 구성한다고 적시하고 있습니다."

"이봐요. 내가 그런 말을 한 건 사실이지만 없는 걸 지어낸 게 아니에요."

"인격권의 핵심은 허위의 사실뿐만 아니라 진실인 사실을 적시한 경우에도 성립한다는 겁니다. 관련법에도 나오지만 사생활의 비밀까지도 포괄할 정도니까요."

"그럼 내 인격권은요? 내 앞에서 버젓이 외도를 한 사람이 누군데요?"

"평소 대통령께서 주장하시는 국정 철학과는 많이 다르군요. 대통령께서는 과거에 얽매이지 말고 미래로 가자 주의 아닙니까?"

"……"

"두 번째는 제가 제보로 받은 자료인데 잘 생각해 보시기 바랍니다. 때는 사건이 일어난 지 얼마 후, 장소는 한국중심병원 특실입니다. 아마 간호사 중 한 사람이 문틈으로 보게 된 것 같은데. 대통령께서는 그날 거기서 문신을 하셨죠?"

"……?"

"아마리지 향수 좋아하시죠? 민 박사님의 몸에서는 그 향수 냄새가 납니다. 단 한 곳……. 대통령님만 아는 그곳. 영문 이니셜 JSH. 바로 대통령님의 영문 이니셜이죠."

"……!"

콰앙!

대통령의 머리에 벼락이 치는 게 보였다. 대뇌 안에 폭풍이 이는 것도 보였다. 그녀의 어깨에서 시작된 경련은 손과 다리를 타고 아래로 내려갔다.

"디테일한 설명은 생략합니다만 그 또한 인격 모독에 해당합니다. 그리고 마지막은 씨알리스입니다. 블루베리. 거기에 없는 덤이 하나 있으니 '안마'입니다. 이것들 역시 디테일은 생략합니다. 대통령님의 프라이버시를 위해서입니다."

"……!"

정순혜가 부들거리는 사이에 민선욱이 창규를 돌아보았다. 그가 모르는 사실 때문이었다. 영문 이니셜과 씨알리스. 그리고 안마를 빙자해 훈남 남직원의 손길을 받는 일. 그건 민선욱조차 금시초문이었던 것이다.

"셋 다 증명이 가능한 일입니다. 대통령께서도 알고 계시겠
죠?"

"……"

"합의이혼 서류를 가져왔습니다. 도장을 찍어주시리라 믿습
니다."

서류를 내놓는 창규의 마무리, 아주 고요했다. 그 또한 대
통령을 위한 배려(?)였다. 대통령은 부들거리는 눈빛으로 양주
동을 바라보았다. 그러나 양주동도 눈치가 있는 사람. 분위기
를 보니 그가 모르는 무엇이 있었다. 그 팩트를 창규가 알고
있다. 대통령 반응을 보니 증거가 있다는 말도 신빙성이 있었
다.

더구나!

여기 들어오기 전에 창규가 한 말.

그 제보.

—가슴이 왜 이래?

"……!"

그렇기에 몇 군데 강변하고 싶어도 입을 열지 못하는 양주
동이었다.

"제 견해로는……"

대통령의 지정변호사 양주동, 그 입장으로 뒷말을 이었다.

"강 변호사의 주장이 사실이라면 이혼은 피할 수 없을 것 같습니다. 셋 다 범죄행위 구성요건이 되며 특히 나중 두 건은 처벌의 대상이 될 수도……."

"나는 대통령이에요. 헌법 제84조에 의해 내란·외환의 죄 이외의 범죄에 대하여 형사상 소추(訴追)를 받지 않는다고요."

"하지만 민사소송과 이혼소송은 별개입니다."

"……!"

"……!"

대통령과 양주동, 두 사람이 교환하는 눈빛이 헐거워졌다. 창규가 분위기를 장악한 것이다. 양주동은 가쁜 숨을 밀어냈다. 그저 애송이로만 생각하던 강창규. 그러나 막상 대하고 보니 범접할 수 없는 카리스마가 엿보였다.

"이혼 조건에 대해 민 박사님이 제의하는 한 가지 선택안이 있습니다. 대통령께서는 자신의 이름으로 청암 MEC의 지분을 공익 재단에 기부하셔도 됩니다. 다만 그 재단의 지정은 민 박사님께서 하실 겁니다."

"……."

"이제 서명하시겠습니까? 이혼 사유는 민법 제840조 6항으로 적었습니다. 그중에서도 정치적 신념 변화와 가치관의 차이가 좋겠죠?"

제840조 6항. 기타 혼인을 계속하기 어려운 중대한 사유를

말한다.

창규가 넌지시 대통령을 바라보았다. 여전히 경련하는 대통령. 그러나 그 기세는 거의 바닥에 도달하고 있었다.

대통령은 결국 아랫입술을 깨문 채 합의이혼서를 집어 들었다.

'나이스.'

창규의 입가에 낮은 미소가 흘러갔다.

그날 저녁, 창규는 이재명을 만났다.

"대통령의 도장을 받았다고?"

이번에도 그 홍어집, 이재명이 반색을 하며 물었다.

"운이 좋았습니다."

"무슨 소리. 허구한 날 운이라고 하니 화가 날 것 같네. 내가 볼 때는 강 변호사 실력이에요. 대통령이 내세운 사람이 무려 화홍의 대표였다며?"

"그러니 운이 좋았죠. 그분의 인품이 좋아 제 변론이 먹히더군요."

"그 양반 인품이 바닥은 아니지만 그렇다고 강 변호사에게 넙죽 엎드릴 사람도 아니라오. 아무튼 정말 수고하셨네."

"혹시 민 박사님도 오시나요?"

"오셔야지. 수십 년 만에 자유의 몸이 되셨으니 한 잔 제대로 마시고 싶다고 하셨네만……."

"그럼 숙취 방지 약을 미리 준비해야겠군요."

"그런가?"

대화를 나누는 사이에 민선욱이 들어섰다. 지난번처럼 주인장이 앞장섰다.

"강 변호사!"

민선욱이 두 팔을 벌렸다. 가볍게 포옹하는 그의 품이 넓어진 듯 보였다.

"사장님, 오늘 술 좀 넉넉히 들여와 주세요. 안주도 좋은 걸로 팍팍 내주시고."

"예."

주인은 허리를 굽히고 물러갔다.

"두 사람 진짜 대단해. 이 판사도 그렇고 강 변호사도 그렇고."

"과찬이십니다."

창규가 겸손히 답했다.

"아니야. 우리 대통령, 솔직히 받아들이지 않을 걸로 생각했거든. 정 안 되면 이번 통고를 기회로 혼자 낙향을 할 생각이었어요. 그런데 이혼장에 도장을 찍다니……."

"사안 자체가 심각했습니다. 소송으로 갔어도 이혼 각이 분명합니다."

"그런데 그거 뭐였어요? 아까 대통령을 닦아세우던 거."

"……."

창규가 잠시 시선을 내렸다.

말하기 민망한 영문 이니셜과 씨알리스 건. 민선욱으로서는 궁금할 수밖에 없는 일이었다. 별수 없이 둘러대는 수밖에 없었다.

"당시 일을 추적하다가 알게 될 사실입니다. 그때 대통령께서 문신업자를 만났는데 박사님 배꼽 근처에 JSH라는 이니셜을 새겨서 외도는 꿈도 못 꾸게 하려 했는데 업자의 거절로 미수에 그쳤습니다. 하지만 외부에 알려지면 대통령께서 망신을 살 일이니……."

"씨알리스는?"

"씨알리스요?"

듣고 있던 이재명이 끼어들었다.

"그것도 직원들에게서 나온 이야긴데… 고산국 해외 순방을 나갈 때면 직원들이 고산병 방지제로 씨알리스를 먹는다고 하더군요. 하지만 그게 정력제이다 보니 박사님에게 쓰려고 일부 챙겨서 보관하고 계시다는 후문을……."

"허어, 그 사람 참… 다 늙어서 그렇게까지……."

"……."

"아무튼 대단하오. 그 짧은 시간 동안에 그런 팩트를 찾아내시다니……."

"그저 두 분을 실망시켜 드리지 않으려고 최선을 다했을 뿐입니다."

"아무튼 두 사람이 내게 제2의 인생을 안겨주었어요."

"그럼 앞으로의 계획은 어떠십니까? 어쩌면 야당 쪽에서 영입 제의를 할지도 모를 텐데?"

이재명이 물었다.

"야당? 그 양반들 내가 그쪽 기질이니 쌍수야 들겠지. 하지만 마누라 밟고 출세하고 싶은 생각은 없다네. 난 정치 쪽에는 기웃거리지 않을 걸세."

"그럼?"

"낙향할 걸세. 요즘 유행하는 자연인 TV 프로그램처럼 낮은 산에 집 한 채 지으려고. 거기서 그림이나 그리며 유유자적 살고 싶네. 장인의 성화에 모작을 한 후로 창작열이 사라졌지만 그래도 명색이 화가이니 잔불씨라도 살려보려고."

"그건 그렇고 선배님……."

이재명의 목소리가 조심스레 변했다.

"뭔가? 뭐든 말씀하시게."

"실은 제가 강 변호사를 소개하면서 제멋대로 약속을 하나 했습니다."

"약속?"

"선배님의 이혼을 성공리에 마쳐준다면 심장병 어린이 수술비를 내놓겠다고요."

"이 판사가 왜?"

"그야 선배님을 도울 마음에… 게다가 여기 강 변호사가 제가 좋아하는 상생병원장이랑 둘이 꿍짝이 맞아서 저개발국 심장병 어린이 환자 무료 수술에 기부하고 있거든요."

"강 변호사가?"

"말씀 마십시오. 다들 몰라서 그렇지 기부한 돈이 벌써 10억여 원에 달합니다."

"이 판사님, 그건……."

"허어, 이럴 때는 좀 가만히 계시게. 나도 말 좀 하자고."

이재명은 창규의 입을 막아놓고 계속 질주해 나갔다.

"그런데 죄송하게도 선배님 이름으로도 덜컥 약속을 해버리고 말았습니다."

"내 이름?"

"이를 테면 성공 보수를 제 마음대로… 저는 한 명, 선배님은 세 명을 책임지겠다고……."

"세 명?"

"그런데… 한 명을 수술시키는 데 대략 3, 4천만 원이……."

"그럼 나보고 1억을 더 내놓으라는 말이군?"

"죄송합니다."

"하하핫!"

듣고 있던 민선욱이 파안대소를 터뜨렸다. 보기만 해도 후련한 게 동참의 의사가 분명한 미소였다.

씨익!

창규 입가에도 미소가 번져갔다.

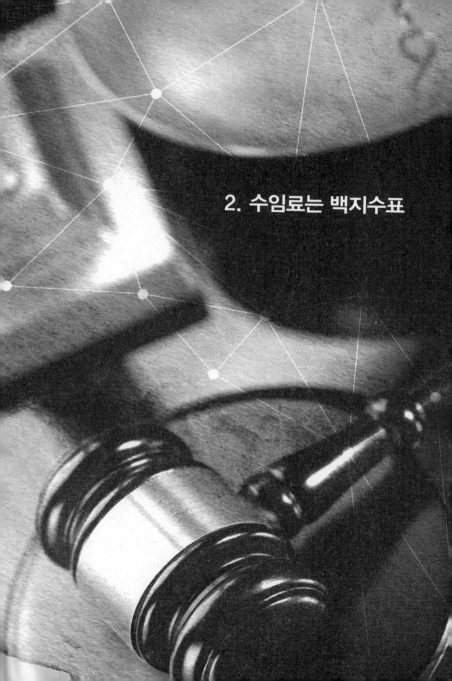

2. 수임료는 백지수표

"선배님."

"역시 자네는 내가 좋아하는 후배라니까. 만약 그 3 대 1이 뒤바뀌었다면 나 진짜 화났을 거네."

"이해해 주셔서 고맙습니다."

"좋아. 그렇잖아도 이 기쁨을 위해 무엇을 할까 생각 중이었는데 정말 잘됐군. 마누라 덕분에 자의 반, 타의 반으로 맡았던 기관들에 사직을 하면 퇴직금이 조금 나올 걸세. 1억을 더 떼어 주지. 그럼 되겠나?"

민선욱의 시선이 창규에게 향했다.

"그러시면……."

"그럼 기왕 기부하시는 김에 아예 정기 회원으로 등록하시죠? 그림도 그냥 그리실 거라면 가끔 전시하셔서 기부하시고."

창규 말에 이어 이재명이 의견을 냈다.

"그거 굿 아이디어일세. 유유자적도 좋지만 그런 이유가 있으면 게을러지지도 않을 테고."

"그럼 아예 한 원장님도 모실까요? 민 박사님이 기부 회원이 된다고 하면 큰 힘이 될 텐데?"

창규가 물었다.

"그러세요. 강 변호사가 좋아하는 사람이라면 나는 무조건 찬성입니다."

민선욱이 기꺼이 화답했다.

민선욱을 살린 창규. 이재명이 심장병 어린이 환자 한 명, 민선욱이 세 명. 셋이 합쳐 도합 다섯 명을 살린 날이었다.

한윤기까지 합세하자 넷은 늦게까지 달렸다. 홍어 두 마리가 작살났다. 어리굴젓과 매생이 접시도 열맷 번 비워져 나갔다. 하지만 탁주는 그리 과음하지 않았다. 네 사람은 의기투합이었다. 좋은 성정을 가진 사람들이었으니 술보다 대화에 끌린 것이다.

그러다 민선욱의 입에서 굉장한 뉴스가 나왔다.

"우리 이 판사, 지난한 시간 조금만 더 참으시게. 자네 다음 정권에서는 대법관이 되실 걸세."

대법관!

그 말이 이재명이 고개를 들었다.

"선배님, 취하셨습니까? 제 주제에 무슨……."

"무슨 소리? 이 판사가 어때서? 솔직히 대한민국 국대 판사지. 안 그래요? 강 변호사?"

"저 낯 뜨겁습니다. 저는 부장판사도 버거운 사람입니다."

"이 친구… 이래서 내가 반한다니까. 아무튼 조금만 더 참고 견디시게. 어두운 터널 끝이 멀지 않았다네. 오늘 나처럼 말이야."

"선배님……."

"내가 야당 친구들도 좀 알잖아요? 그쪽 차기 대선 후보 캠프에서 나온 말이야. 자네를 중용하고 싶다더군. 그래서 내가 말했지. 만약 중용할 거거든 괜히 정치 줄에 세워 사람 망치지 말고 대법관이나 시켜달라고."

"선배님……."

"우리 내기할까? 내 말이 맞으면 자네가 퇴직할 때 심장병어린이 환자 한 명분 수술비 대기, 내가 틀리면 내가… 어때?"

"뭐 그거야 상관없지만……."

"거기 두 분이 증인입니다. 강 변호사, 한 원장?"

민선욱은 증인까지 세우며 확신을 전했다. 그때 민선욱의 핸드폰이 울렸다.

"미안해요, 아, 길 부회장님."

민선욱은 일행의 양해를 구하고 전화를 받았다. 그런 다음 통화를 하며 복도로 나갔다.

"자, 우리는 술이나 한잔하시죠."

이재명이 술잔을 들었다. 창규는 그 잔에 잔을 부딪치고 술을 마셨다. 민선욱의 통화는 길었다. 그동안 세 사람은 미얀마 어린이 이야기로 꽃을 피웠다. 한 원장은 모든 수술을 성공적으로 마쳤다. 그 소식 또한 기쁠 수밖에 없는 창규였다.

의사와 변호사, 그리고 판사.

어쩌면 공통점이 있었다. 모든 경우가 그런 건 아니지만 사람을 죽일 수도 있고 살릴 수도 있는 일. 그렇기에 서로의 사명에 숭고함을 느끼는 세 사람이었다.

"늦어서 미안해요."

비로소 통화를 끝낸 민선욱이 기척을 하고 들어섰다.

"축하 전화였습니까?"

이재명이 물었다.

"맞아. 삼광리얼통상 길봉조 부회장."

"어, 그분요?"

이재명의 눈빛이 변했다. 창규도 덩달아 변했다. 이름 때문이었다. 삼광리얼통상은 면세점 신규 사업자 진출 건으로 화두가 되는 기업이었다. 구속된 국무총리와 그가 설립한 장학재단, 내로라하는 대기업 총수들과 재정기획부, 국세청 등의 뇌물 공여 건에 얽혀 있었다.

이 회사의 사주는 조일산. 연 매출 1조 원대의 견실한 기업이다. 문제가 된 건 이 회사가 초대형 공룡들의 전쟁인 신규 면세점 심사에서 한자리를 꿰어찬 것.

마침 그 즈음에 50억여 원의 성금을 올림픽 후원금으로 쾌척한 조일산 회장. 그러나 애당초 모금안을 돌린 곳이 총리가 주관하던 장학 단체이며 입금된 돈의 일부가 장학 재단으로 흘러간 정황이 나오자 정치성 뇌물로 줄줄이 수사를 받는 참이었다.

회사 지배 구조가 단순한 조일산은 다른 총수들과 달리 구속 조치. 덕분에 그는 회사의 생존을 걸고 법정 공방을 벌이고 있었다. 지금까지는 검찰과 일진일퇴의 공방을 벌이던 일. 그런데 뭔가 진일보한 변화가 생긴 모양이었다.

"길 부회장 말이 변론을 맡았던 변호사가 급성 심근경색으로 쓰러져 입원을 했다는군."

"입원이라고요?"

이재명이 고개를 들었다.

입원.

게다가 급성 심근경색. 변론 전략에 빨간 불이 켜졌다는 뜻이었다.

"그나저나 강 변호사."

민선욱의 시선이 창규를 향했다.

"예?"

"이거… 내가 실언을 한 모양인데 어쩐다……."

민선욱이 입장곤란한 표정을 지었다.

"왜 그러시는지……."

"실은 길 부회장이 변호사 교체 건을 이야기하는데 내가 그만 강 변호사 자랑을 해버리고 말았어요. 그랬더니 자기 회장에게도 딱 맞는 변호사 같다며 이 건을 좀 부탁해 달라고……."

"제, 제가요?"

"이걸 어쩐다… 강 변호사 얘기도 안 들어보고 덜컥 물어보겠다고 했으니……."

"뭐가 문제입니까? 전임 변호사 일신상에 문제가 생겼으면 강 변호사가 교체로 들어가면 되지요."

이재명도 창규를 지지했다.

"이 부장님."

놀란 창규가 눈빛을 세웠다.

"강 변호사라면 할 수 있어. 안 그렇습니까? 한 원장님?"

이재명은 한윤기에게도 동의를 구하고 나섰다.

"당연하죠. 저는 무조건 찬성입니다."

"아, 진짜 다들 왜들 이러십니까? 제 깜냥에 어떻게 그런 초대형 정치 뇌물 사건을⋯⋯."

창규가 손사래를 쳤다.

정치 뇌물.

이게 바로 사지(四知)사건이다. 검찰도 법원도 달가워하지 않는 사건. 오죽하면 사지(四知), 즉 준 놈과 받은 놈, 하늘과 땅만 아는 사건이라는 꼬리표가 붙었을까?

"이 사람 진짜⋯ 방금 강 변호사가 상대하고 온 사람이 누군가? 대통령이잖나? 대한민국에 대통령보다 더 높은 정치가는 없네. 그보다는 선배님."

이재명의 시선이 민선욱에게 옮겨갔다.

"조일산 회장 됨됨이 말이신가?"

"예."

"다른 건 몰라도 정치가들에게 뒷돈이나 뿌리면서 사업할 사람은 아닐세. 만약 그렇다면 내가 상종도 안 하지."

"그렇죠?"

"만에 하나 돈을 건넸다면 진심이었을 걸세. 경영권 계승 문제로 오해를 받았지만 그 또한 결백하다는 말을 두 번이나 했으니."

"들으셨나?"

이재명이 창규를 바라보았다.

"……."

창규는 대꾸하지 못했다. 여기 모인 세 사람, 인격적으로 존경하는 사람들이었다. 그런 사람들 앞에서 우려나 추측을 동원한 말을 꺼내는 건 결례라는 생각이 들었다.

"아닐세. 그렇다고 이렇게 강요를 하는 건 실례지. 나도 심정으로야 우리 강 변호사가 조 회장 한번 도와주길 바라지만 그건 내 욕심이고. 내일 연락하라고 해둘 테니 만나서 이야기 들어보고 결정하시게. 평양 감사도 저 싫으면 그만인 것 아닌가?"

"하긴 청와대 싫다는 선배님 같은 분도 계시니……."

이재명이 보조를 맞췄다.

"예끼 이 사람, 그 얘기는 그쯤하고 술이나 마시세. 자, 건배!"

민선욱이 잔을 들었다. 밤은 그렇게 깊어갔다.

짝짝짝!

사무실에 들어설 때였다. 사무장과 일범, 상길과 미혜가 기립 박수를 보내왔다. 다른 날보다 조금 늦게 출근한 창규였다.

"왜들 이래요?"

창규가 볼멘소리를 냈다.

"왜라뇨? 청와대 승전보 때문이죠."

일범이 웃었다.

"그거야 권 변하고 사무장님이 도와준 덕분인데 새삼스럽게."

"그 말 믿을 사람 아무도 없어요. 아무튼 최고세요."

사무장이 엄지를 세워 보였다.

"변호사님."

미혜는 커피를 가져왔고.

"선배님."

일범은 새로운 사건 출력물을 한 아름 안겨주었다.

"아이고, 또 새 소송 시작이구나?"

창규가 엄살을 떨었다.

"그럼 며칠 쉬었다가 시작할까요? 그동안은 제가 소소한 사건이나 몇 개 진행하면서……?"

"이거 홍태종 교수님 건?"

"네."

"다른 건이 올지도 모르는데……"

"어, 또 다른 건이 생겼습니까?"

"혹시 삼광리얼통상 건 아닌가요?"

미혜가 이야기의 줄기를 타고 들어왔다.

"미혜 씨가 알아?"

창규가 물었다.

"실은 아까부터 전화가 왔었어요. 변호사님 오시면 바로 연락을 달라고."

"그래?"

"어, 이제 보니 그 삼광리얼요? 사임한 국무총리와 신규 면세점 뇌물 의혹?"

일범도 그 사건을 체크하고 있었던 모양이었다.

"맞아. 그 삼광리얼통상. 알고 보니 거기 경영진이 민 박사님과 지인이신 것 같더라고."

"으아, 대박. 일이 이렇게도 연결되는구나."

그때 사무실 전화벨이 울렸다. 미혜가 달려가 전화를 받았다.

"감사합니다. 스타노모입니다."

전화를 받은 미혜가 창규를 돌아보았다.

"가보세요."

사무장이 창규 등을 밀었다.

"여보세요."

창규가 전화를 건네받았다. 수화기 안에서 중저음이 밀려나왔다.

―나 길봉조라는 사람입니다.

길봉조.

민선욱과 통화한 그 사람이었다.

그로부터 두 시간 후, 창규는 회의실에서 길봉조 부회장을 만났다. 단 두 사람의 독대였다.

"만나서 반갑습니다."

길봉조의 목소리는 맑았다. 눈빛도 그랬다.

"저도 영광입니다."

"민 박사님께 말씀은 많이 들었습니다. 그분에게 자유의 날개를 달아주었다고요."

"날개까지는……."

"괜찮아요. 박사님과 저도 그렇지만 조 회장님은 민 박사님하고 호형호제할 정도로 가깝거든요. 그분이 그렇게 칭찬하는 사람이라야 이재명 판사 정도인데, 진짜 놀랐습니다."

"그냥 박사님이 좋게 봐주신 겁니다."

"그건 그렇고… 저희가 좀 곤란한 일을 당했는데 알고 계십니까?"

"민 박사님께서 말씀하시기에 부랴부랴 자료 몇 개를 찾아보았습니다."

"어떻게 보십니까?"

어떻게!

보도를 통해 접한 사건의 개요를 어떻게 판단하고 있냐는 의미였다. 조일산에게 떨어진 기소는 뇌물 공여에 더불어 배임과 횡령에 관한 것이었다.

창규가 파악한 자료를 통하면 조일산은 국무총리와의 회동 이후 52억 원을 지원금 형식으로 내놓았다. 동계올림픽 지원금으로 40억 원, 나아가 개최 지역 총괄 협력 기관에 12억을 지원한 것.

이 돈은 모두 삼광리얼에서 나갔다. 공교롭게도 삼광리얼만 문제가 된 건 이 즈음에 신규 면세점 사업자로 지정된 데 있었다. 경쟁 상대들은 연 매출 5조에서 10조 이상의 공룡 기업들. 그 틈바구니에서 삼광이 승전보를 울리니 재계가 들끓었다. 특혜가 아니면 설명할 수 없다는 반응이었다.

또 하나는 경영권 승계였다. 약 3년 전 선친인 조기선 전임 회장이 뇌출혈로 쓰러졌다. 당시 부회장이던 조일산이 회사를 이끌었다. 그러다 4개월 전에 조기선 회장이 사망했다. 삼광리얼은 지배 회사의 지분율을 조정해 조일산의 경영권 승계를 마쳤다. 그 과정에서 불법 시비가 일었지만 일단락되었던 일. 하지만 신규 면세점 사업권과 맞물려 다시 도마에 오른 경영권 승계였다.

검찰의 시각은 이 즈음에 국무총리를 통해 정부로 흘러들어간 돈을 문제 삼고 있었다. 그 과정에서 총리가 지정한 장학 재단으로 일부 금액이 흘러가면서 총리는 사임하고 불구속 수사를 받는 상황.

삼광 쪽은 경영 지배력 강화 과정에서 위법성이 부각되자 무마를 위해 올림픽 지원금을 출연했고 그 리베이트로 신규 면세점 진출까지 확보한 게 아니냐는 의혹을 받고 있었다.

만약 검찰 측 주장이 사실로 입증되면 특정 경제 범죄 가중처벌 등에 관한 법률이 적용될 수도 있었다. 그렇게 되면 52억이라는 금액으로 보아 최소 5년 이상의 징역형을 받게 되는 것이다.

5년 이상의 징역.

설령 중간에 대통령 특사로 석방된다고 해도 3년은 썩어야 한다. 하지만 이 정권 말에 불거진 일. 다음 대선에서 현재의 야당이 대권을 잡게 되면 특사의 가능성도 낮았다. 그렇기에 삼광 측에는 기업의 명운이 걸린 일이었다.

일대 모험.

망하느냐, 회생하느냐!

그 운명을 창규의 변론에 거는 것이다.

그런데 길봉조 부회장은 왜 특급 로펌이 아니라 창규를 택한 걸까? 그 또한 대통령 이혼소송 건과 맥을 같이하고 있었다. 삼광리얼의 기업 규모로 보아 특급 로펌을 동원해도 자금력에는 문제가 없을 일. 하지만 국민들이 의혹의 눈빛을 보내고 있는 판에 초거대 로펌을 변론인으로 지정하면 여론의 역풍을 맞을 수 있었다.

그렇기에 전임 변호인도 중량급의 개변. 그 맥을 잇는 거라면 창규가 적격이었던 것이다. 더구나 창규는 참신성 부각되고 있는 변호인. 이렇게 해서 의혹을 벗어난다면 기업 이미지의 붕괴도 막을 수 있었다.

"제 견해로는……."

상황을 적시한 창규가 신중하게 뒷말을 이었다.

"첫 소환에서 의혹을 풀지 못하시면 5년은 각오하셔야 할 것 같습니다."

창규의 소견은 돌직구였다. 길봉조의 입맛에 맞춰 의뢰를 따내기보다 팩트 위주로 나간 것이다.

"내일 공판이 승부처다?"

"그렇지 않겠습니까?"

"강 변호사님."

"예."

"우리 회장님 변론을 좀 맡아주시오."

"……."

"부탁합니다."

길 부회장이 고개를 숙였다. 조일산은 빵빵한 기업의 총수 경영인. 국력이 작은 나라에 가면 그 나라 대통령도 쩔쩔맨다는 저돌적인 기업가. 연 매출 1조 이상을 자랑하는 기업의 경영자 변론에 창규를 원하고 있는 것이다. 그러나 변호인이 교체되는 일. 처음부터 맡는 일보다 어려울 수 있었다. 공판 검사들의 공세도 더 거세질 수 있었다. 자칫 실수라도 하면 독박을 쓰게 되는 일.

하지만.

그것만 빼면 사실 창규가 꿈꾸던 장면의 하나였다.

변호사가 되면……

로스쿨 시절 꾸던 꿈이 파노라마로 스쳐갔다.

대한민국 재벌 경영자를 만난다.

─우리 회사 변호인이 되어주시오.

글로벌 기업의 송사를 지휘한다.

─당신만 믿습니다.

천문학적 금액이 걸린 소송을 맡는다.

─승소를 부탁드립니다.

변호사라면 한 번은 머리에 그려보았을 일들. 그 일의 하나가 눈앞에 펼쳐지고 있었다.

"변론 비용은 마음대로 적어내도 좋습니다. 조 회장님 뜻입니다."

길봉조가 수표를 내밀었다. 그 또한 꿈의 한 장면이었다. 백지수표가 나온 것이다.

'백지수표……'

수표를 확인한 창규, 가만히 돌려주며 운을 뗴었다.

"이 싸움에서 이기고 싶다면 백지수표보다 회장님과 부회장님의 마음을 백지로 주셨으면 합니다."

"마음을요?"

"저처럼 비빌 데 없는 초짜 변호사의 변론에는 수표보다 그게 더 중요하거든요."

─숨기지 마라.

─감추지도 마라.

─너를 몽땅 까보여라.

─빤쓰까지 홀랑!

창규가 한 말의 의미는 그것이었다.

　　　　*　　　　　*　　　　　*

"끙!"

상길과 일범이 힘쓰는 소리가 들렸다.

"조심해요. 너무 무리하다 치질 생겨요."

따라 나온 사무장이 소리쳤다. 길봉조가 보낸 서류가 도착한 것이다. 그동안 진행된 사안에 관련된 서류들. 거짓말 안 보태고 딱 라면 상자 14개 분량이었다.

회의실 테이블에 쌓아두니 한숨부터 나왔다. 이래서 변호사 교체가 어렵다. 바통을 이어받은 변호사는 전임 변호사의 주장과 전략을 모두 파악해야 한다. 전임 변호사의 짐을 고스란히 이어받은 상태로 재판이 진행되기 때문이다.

턱턱!

미혜가 대형 잔에 커피를 채워 내려놓았다. 꼼짝 말고 검토를 시작하라는 뜻이었다. 창규가 먼저 양복 상의를 벗어젖혔다. 일범도 그 뒤를 따랐다. 사무장까지 합세해 기소와 공판 과정을 검토하기 시작했다.

밤 11시.

대략적인 쟁점을 잡았다.

이 소송의 쟁점은 국무총리의 강압이냐 아니냐의 문제였다. 국무총리의 강압이 있었다면 조일산은 뇌물 공여죄를 벗을 수 있었다. 그러나 자발적으로 주었다면 시기의 미묘함 때문에 아무래도 면세점 진출과 경영권 계승을 위한 뇌물 쪽 판단을 받을 여지가 높았다.

밤 12시.

직원들을 보내고 혼자 남았다. 앞에 쌓인 서류는 위압적인 높이였다. 사무장 자리에서 그림 하나가 눈에 들어왔다. 문제가 된 과천의 장학 재단과 삼청동 총리 공관, 그리고 재경부와 국세청 등의 위치도였다. 역시 사무장. 기본부터 꼼꼼하게 챙기고 있는 것이다.

아흠!

기지개를 켜다 두둑을 보았다.

두둑.

68패의 수렁 속에서 창규에게 1승을 안겨준 신물. 소리라도 들을까 싶어 두둑을 불었다.

후우웅두두웅.

듣기 좋았다. 뼈를 달래고 마음을 달래는 소리. 어쩌면 보이지 않는 창규의 날개가 내는 소리 같기도 했다. 소리 속에 몇 개월의 시간이 흘러갔다. 목숨의 마감을 결심하던 때, 혼귀왕을 만나던 때, 홍태리에 더불어 겁 없이 차재윤까지 폭격하던 소송.

"......!"

창규가 두둑을 멈췄다. 시선이 사무장의 메모로 건너갔다. 아이디어가 떠오른 것이다. 창규는 벌떡 일어나 화이트보드로 향했다. 미친 듯이 동선을 그렸다. 사무장의 위치도에서 따온 영감이었다. 때로는 산더미 같은 서류보다 그림 한 장이 일목요연할 때가 있는 것이다.

─민간 차원 올림픽 지원안.

이게 시작이었다. 조일산이 내놓은 40억에 플러스 알파로 올려진 12억. 그 시작은 과천에 있는 장학 재단에서 만든 문건이었다.

이 재단은 총리가 총리로 임명되기 전부터 운영하던 곳. 그런 곳에서 문건을 받았으니 문제가 되었다. 하지만 알고 보니 총리는 그곳을 정책 전략의 브레인으로 이용하고 있었다.

―공조직을 놔두고 사조직에 의존.

―국가 기밀 문서까지도 유출.

―재단 직원들의 일상적인 총리 공관 출입.

여러 문제가 불거지며 사임하게 된… 구속 수사까지 받게 된 총리였다.

창규는 검찰의 주장 요지부터 살펴보았다.

―문건은 오전 9시 15분에 출력이 되었다. 이 보고서는 9시 40분, 역시 과천에 있는 장학 재단의 사무총장에게 전달되었다. 조일산은 비슷한 시간인 오전 9시 50분부터 총리 공관에서 총리를 만나고 있었다. 검찰은 이때 장학 재단의 사무총장이 총리에게 지원안을 건넸고 조일산을 만난 총리가 그걸 전달했다고 주장하고 있었다. 총리는 대기업의 참여를 강압하기 위해 삼광을 골랐다. 작은 덩치의 기업이 거액을 내면 큰 그룹들이 따라올 수밖에 없도록 하기 위한 압박이었다.

그 대가로 신규 면세점 사업 진출과 경영권 강화에 대한 묵인을 약속했다. 조일산은 그다음 날 40억+12억을 입금시켰다. 조일산의 삼광리얼통상은 결국 경영권 강화에 성공하고 신규 면세점 사업권까지 따냈다. 이는 명백한 뇌물죄가 성립되는 과정이다.

　검찰의 일관된 주장이었다.

　'과천에서 청와대까지……'

　거리상 약 21㎞/h에 대중교통으로 1시간 이상이 걸리는 거리. 문서 출력 시간은 9시 20분, 조일산과 총리의 독대는 9시 40분. 독대 시간은 약 25분. 그러니까 조일산은 11시 5분에 총리실을 나왔다는 얘기.

　헬기로 날아오지 않은 바에야 이 출력물이 총리실에 도착할 수 없는 시간이었다.

　'헬기.'

　창규가 다시 분류된 서류를 뒤졌다. 검찰과 총리실의 해명 자료 어디에도 헬기 사용 이야기는 없었다. 이번에는 검찰 측의 공소장을 넘겼다.

　공소장.

　중요하다. 공소 사실은 법률적, 사실적으로 특정화된 팩트를 구체적으로 기재해야 한다. 검찰과 변론인은 이 공소장의 내용을 두고 사실관계의 증명을 다투게 되기 때문이다.

　"……!"

　거기서 주먹을 불끈 쥐는 창규. 원하던 단어 하나를 찾아낸 것이다. 그 단어는 '오후'였다.

최초의 공소장에 적힌 검찰 측의 독대 시간은 오후였다. 총리와 조 회장, 세 차례의 독대가 있었기에 혼동을 한 것. 그게 아니라면 올림픽 지원안 출력물을 넘겨받았다는 근거로 삼기 위한 방편으로 보였다. 여기에 관한 단서는 2차 공판에 나와 있었다. 삼광 측에서 증인으로 불려 나간 비서실장의 증언이 그것이었다.

"회장님께서 청와대에 다녀오신 후에 봉투 하나를 건네준 것 같습니다."

검찰은 이 봉투를 올림픽 지원안 문건으로 특정한 것. 그러나 이후에 연결된 4차 공판에서 비서실장은 증언을 번복하고 있었다.

"회장님이 봉투를 준 건 사실이지만 민간 차원 올림픽 지원안이 아니라 브라질 신규 투자 기획서였습니다."

증인은 그에 대한 검찰 측의 질책에 이런 말로 증언을 끝내고 있었다.

"저도 60줄이 되다 보니 지나간 기억이 그리 선명하지 못합니다. 게다가 그때는 검찰 쪽에서 워낙 강압적인 분위기였기에……."

조일산 소송은 조일산만의 소송이 아니었다. 면세점에 관련된 대기업 여덟 곳이 얽혀 설전을 벌이고 있었다. 그렇기에 벌써 공판만 12차례. 상대적으로 삼광리얼은 다른 대기업에 비해 뇌물로 추정되는 액수가 적었기에 공소장에 대한 시차를 넓게 잡은 모양이었다.

하지만!

그 작은 단서가 창규에게는 한 줄기 빛이었다. 예전에 두둑이 내려준 희망처럼. 왜냐면 모든 역사는 단 한 줄기 씨줄에서 비롯되는 까닭이었다.

'오케이!'

창규는 사무실 불을 끄고 복도로 나왔다. 1호실을 지날 때였다. 마침 조홍영과 그의 변호사 둘이 함께 나오고 있었다.

"어이쿠, 이렇게 늦게 가시나?"

조홍영이 물었다.

"저야 소일거리나 하다 가는 거지만 선배님은 정말 열심히 하시는군요."

"소일거리라니, 이번에 조일산 회장 변론인으로 교체되었다고?"

"아, 예……."

조홍영 역시 재벌가 뇌물죄 변호인의 한 사람. 모두 다 연계된 소송이다 보니 변론인 변경이 체크된 모양이었다.

"이거 마침내 법정에서 강 변호사를 보게 되는군. 함께 잘 해보자고."

조홍영은 그 말을 두고 나갔다. 변호사들을 그를 배웅하고 다시 사무실로 돌아갔다. 아직 검토할 자료가 많다는 이야기. 조홍영 역시 노력하는 변호사가 분명했다.

'저도 기대가 되는군요.'

창규가 웃었다. 나름 실력파로 분류되는 조홍영이었다. 그런 그를 같은 법정에서 본다는 건 나쁘지 않았다. 창규는 다시 올라온 엘리베이터에 올랐다.

땡!

지하 주차장에 닿자 맑은 소리와 함께 엘리베이터 문이 열렸다.

'조일산 회장 소송도 이렇게 시원하게 열려주기를.'

창규는 긍정적인 바람을 잊지 않았다.

                    *   *   *

딸깍!

문이 열렸다. 구치소 접견실이었다.

오랜만이다.

창규가 혼자 인사를 했다. 막변으로 있을 때의 일 때문이었다. 그때 창규는 이곳에 날마다 출근 도장(?)을 찍은 적이 있었다. 부동산 졸부와 주식 졸부 접견이었다. 둘 다 투기와 뇌물 공여죄에 사기까지 나란히 걸려 들어와 있었다. 그러나 재산은 모두 500억대. 가진 게 돈밖에 없으니 집사 변호사로 부려먹은 것이다. 오전에는 부동산 졸부를 만나 놀아주고 오후에는 주식 졸부 비위를 맞췄다. 그렇게 해서 받는 수임료도 쏠쏠했다. 물론, 창규 주머니로 들어온 건 없었지만.

하지만 오늘은 달랐다. 집사 변호사가 아니라 소송을 위해 온 것. 당연히 쫄지 않았다. 교도관들에게 부끄럽지도 않았다.

"강 변호사?"

접견실을 돌아볼 때 낯익은 소리가 들렸다.

'구자룡 소장?'

창규가 시선을 들었다. 반쯤 열린 접견실 입구에 선 건 구자룡 소장이었다. 행정고시 출신으로 호남형 얼굴. 키까지 훤칠해 '미스터 교정'으로 불리는 사람이었다.

"아니, 요즘 잘나간다고 들었는데 아직도 집변 하시나?"

구 소장이 빈정을 던지며 들어섰다. 그는 창규를 알고 있었다. 과거 날마다 구치소로 출근할 때 대놓고 핀잔을 주었던 장본인이었다.

"내가 변호사 안 되길 잘했지."

창규는 아직도 그 말을 기억하고 있었다.

"변호사, 그거 우리 직원들만도 못하네?"

그 말은 자존심을 관통하고 지나갔다.

하지만 반박하지 못했다. 집변은 수감자의 편의를 위해 존재하는 것. 그런데 그 편의의 질은 구치소장이나 교도관들에 의해 결정될 수 있었다. 그렇기에 늘 비굴한 미소로 비위를 맞춰야 했던 창규였다.

"아, 예……. 소송 때문에 뵐 분이 있어서……."

창규가 대충 넘겼다. 그러자 소장이 교도관을 바라보았다. 교도관이 그의 귀에 대고 몇 마디를 속삭인다. 소장의 눈이 휘둥그레지는 게 보였다.

"조일산 회장 소송 맡았어요?"

구 소장은 믿기지 않는다는 표정이었다. 니가? 너 같은 집변이? 허어, 조일산 끝났네. 끝났어. 창규는 구 소장의 눈동자에서 와글거리는 비웃음을 느꼈다.

"하핫, 청와대 빤쓰 끈이라도 잡았나? 재주 좋으시네. 아무튼 잘해보시구려."

구 소장은 큰 소리를 남기고 접견실을 나갔다. 창규가 황당해하자 머쓱해진 교도관이 교정 잡지 한 권을 건네주었다.

"511번은 10분쯤 걸릴 겁니다."

511번은 조일산의 번호.

교도관이 나가자 테이블에는 잡지 한 권만 남았다. 가방을 놓고 잡지를 펼쳤다. 교도소와 구치소에 대한 소식을 겸한 기관지였다. 대충 넘기고 말 생각이었는데 한쪽에서 시선이 멈췄다.

'구자룡 소장?'

인물란에 실린 건 구자룡이었다. 서울에서 구치소장을 하면 부이사관급 3급 공무원이다.

고급 공무원에 속한다. 프로필도 화려했다. SKY를 나와 행정고시를 패스했다. 이후로 교도소 현장과 법무부 핵심 부서를 거쳐 구치소장이 되었다.

─대쪽 같은 교도 행정에 닭살 애정 부부애.

중간쯤에 쓰인 소제목이 창규 눈에 들어왔다. 전에도 들은 말이다.

교도소장은 아내를 끔찍하게 아낀다고 했었다. 오죽하면 아직도 아내가 싸주는 도시락을 들고 오고 칼퇴근을 한다. 덕분에 직원들도 칼퇴근파에 속하게 되었다는 이야기가 미담처럼 나오고 있었다.

'하긴 얼굴 하나는 어디 내놔도 빠지지 않는 미남… 응?'

부부의 사진을 보던 창규, 갑자기 숨을 멈췄다. 사진에 비치는 얼룩 때문이었다. 얼룩은 글자로 변해가기 시작했다. 바로 그때, 노크 소리가 들렸다.

똑똑!

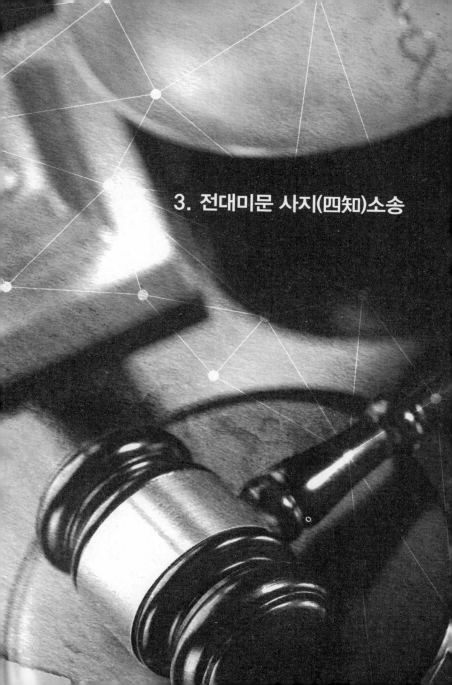

3. 전대미문 사지(四知)소송

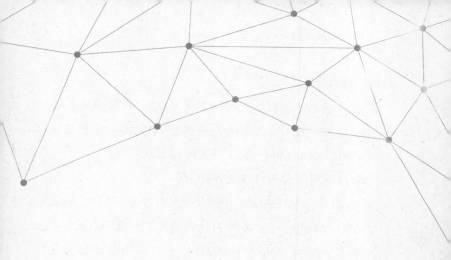

　문이 열리면서 들어선 사람이 조일산이었다. 그의 가슴에 위에 찍힌 수감 번호 508번이 선명하게 보였다.

　"강창규입니다."

　창규가 명함을 내놓았다.

　"고맙습니다. 내 사건을 선뜻 맡아줘서."

　"맡는 건 누구나 할 수 있고… 결과가 좋아야겠지요."

　"아무튼 부담스러운 사건인데 마음을 받아줘 고맙습니다."

　"최선을 다해보겠습니다."

　"사건 기록만 해도 보통이 아니죠?"

"예……."

"그동안 애쓰다 쓰러진 차 변호사에게는 안 된 말이지만 나는 길조로 받아들이고 있습니다. 공판을 하다 보니 차 변호사가 지나치게 신중하다는 것도 마음에 걸렸고."

"그렇게 생각해 주시니 고맙습니다."

"뭘 도와드릴까요? 필요한 게 있으면 말씀을 하세요. 나도 그렇고 길 부회장에게도 총력 지원 하라고 지시했으니까."

"일단은 시간이 촉박해서… 그래서 드리는 말씀인데, 회장님."

창규가 고개를 들었다.

"말씀하세요."

"의례적인 질문입니다만 그래도 제가 캐치해야 하기에……."

"지원금 말입니까?"

"예……."

창규가 웃었다. 미리 알고 물어주니 짐이 가벼워진 것이다.

"솔직히 시기가 미묘하긴 했지만 돈은 내가 자발적으로 낸 돈입니다. 그쪽의 협박도, 내 쪽의 대가성도 없었어요. 올림픽 치르는데 실탄이 모자란다는 거 온 국민이 다 아는 사안 아닙니까? 아마추어 국제 체육대회라는 게 정치권에게나 도움이 되지 치르고 나면 빚더미에 올라앉는 일이니까요."

'하긴…….'

이해가 되었다. 동·하계 올림픽이나 아시안게임 등을 치르고 거덜 난 국가는 한둘이 아니다. 어떻게 보면 21세기에는 사라져야 할 행사라는 생각도 들었다.

"그래서 기업들도 과거처럼 적극적으로 나서지 않지요. 하지만 이미 엎질러진 물이잖아요? 누군가 조금 손해를 보더라도 잘 치러야죠."

"……"

"이 사람이 초등학교 때까지 올림픽이 열리는 마을에 살았어요. 아버지 사업이 잠시 휘청거리는 터라 엄마와 함께 이모 집에 얹혀살았거든요. 거기서 읍내로 학교를 가면 읍 아이들이 촌뜨기 왔다고 놀려요. 어쨌든 대나무 스키 하나는 원 없이 탔죠. 그걸 타고 등교를 할 정도였으니까요."

"……"

"거기 살 때는 그렇게 싫더니 졸업을 앞두고 서울로 전학하게 되자 그 촌구석이 그리운 거예요. 나를 놀리던 애들과 다투던 애들까지… 왜 힘든 과거도 시간이 지나면 괜히 그리운 거 있잖아요? 그래서 어린 마음에 다짐을 했어요. 이 다음에 돈 많이 벌면 그 촌구석에 확 뿌려 발전을 돕겠다고."

"……"

"그 말을 들은 아버지가 물었어요. 얼마나 뿌릴 생각이냐고 해요. 어린 마음에 한 1억? 그랬더니 아버지가 피식 웃어요.

그래서 내가 소리쳤어요. 아버지, 난 이 다음에 아버지처럼 사업가가 되면 그 마을에 100억을 뿌릴 테야 하고."

'100억…….'

"그때 쓴 글짓기가 어린이신문에도 실렸다고요. 내가 그때 어린이신문 기자도 했거든요."

"……."

"그런데 지금이 그 타이밍이잖아요? 하지만 아직 우리 회사 형편에 100억은 좀 무리였어요. 그래서 40억을 출연했어요. 그러고 나니 좀 비겁한 생각이 들잖아요? 해서 내 개인 주식 1만 주를 처분했더니 세금 제하고 딱 12억이 돼요. 그걸 그쪽 향토 기관에 기부해서 위안으로 삼은 거죠. 그런데 하필 그때 총리가 대기업들에게 지원을 족치고 있는 줄 몰랐어요. 그래서 이렇게 오해를 사게 된 거예요."

"그럼 면세점 신규 진출 건은?"

"그건 내가 아니라 재경부 장관, 국세청장 등에게 물어봐야 할 일이라오."

"예?"

"솔직히 이번에 중소기업에도 기회를 준다기에 응모를 한 건 사실입니다. 하지만 기대는 하지 않았어요. 다만 응모라도 하면 기업 이미지 재고에 도움이 될까 싶어 도전한 건데 그게 덜컥 선정이 되어버린 겁니다. 하늘에 맹세코 뇌물의 뇌 자도 건네지 않았다고요."

"그럼 총리와의 독대에서는……."

"처음부터 내가 연락을 했어요. 마침 총리실에서 올림픽 지원 방안 찾는 중이라기에 기업가의 한 사람으로서 자발적인 동참이었지요. 다만 그 액수가 1, 2억도 아니고 총리께서 국정에 바쁘기에 40억 지원 절차를 밟느라 세 차례 만나게 된 겁니다."

"알겠습니다."

"솔직히 일이 이렇게 될 줄 알았으면 40억을 내놓지 않았을 겁니다. 나는 순수한 뜻으로 내준 건데 정치 뇌물로 비화되고 구속으로도 모자라 검찰에 압수까지 당해 기업 활동이 존망에 다다랐으니 이게 무슨 꼴입니까?"

"……."

"아무튼 내 입장은 그렇습니다. 이런 상황에 40억이 대가성 돈이 아닌 걸 증명하라니 미치고 팔짝 뛸 일이지요. 양심이라는 게 눈에 보이는 게 아니잖아요?"

"그렇다면 어째서 삼광리얼통상이 신규 면세점 업자에 선정이 되었다고 생각하십니까? 혹시 루머 같은 거라도 들은 게 있으시면……."

"루머라면 있지요."

"그걸 좀 말씀해 주시겠습니까?"

"그러니까… 이건 진짜 루머인데… 정부 측에서는 면세점 업자 재선정 사업을 하면서 친정부 성향의 재벌들에게 은근한 압력을 넣었던 것 같습니다."

"민간 올림픽 지원 말이군요?"

"맞습니다. 하지만 몇몇 재벌가 기업들이 난색을 표했다고 하더군요. 자칫하면 사단이 나는 세상 아닙니까? 그래서 본보기로 그들을 탈락시키고 우리 회사를……."

"설득력이 좀 떨어지는군요."

"좀 그렇긴 합니다. 예전 같으면 그런 일이 벌어지면 경쟁 재벌사를 밀어주는 게 일반적인데 이번에는 고래 싸움의 전리품을 나 같은 새우가 먹었다 이겁니다. 내 생각으로는 세상이 달라졌으니 경쟁사를 밀면 부작용이 클 것 같으니 아예 들러리로 세운 우리 회사를 낙점한 것으로 봅니다만……."

"위정자들의 빗나간 억하심정이라면 공감이 됩니다."

"그렇죠?"

"예."

"어떻습니까? 이 사람 이야기를 듣고 보니……. 아직 공판 기록 검토도 다 마치지 못했겠지만……."

"조심스럽지만 결과를 낙관하게 되었습니다."

"그래요?"

창규의 말에 조일산의 표정이 확 퍼졌다. 낙관적인 말을 건

넨 건 창규가 그의 섭취물을 몽땅 리딩했기 때문이었다. 총리와의 독대와 40억 지원 정황, 나아가 어린 시절 시골에서의 모습과 선친과의 대화, 글짓기가 실린 어린이신문을 들고 체육관에서 낭독하던 모습까지…….

─조일산의 말은 진실.

땅땅땅!

마음의 법봉을 내려쳤다.

다만 재수가 없었다. 그렇기에 기부와 봉사도 때와 장소가 있는 모양이었다.

"이거 말만 들어도 아세틸콜린이 팍팍 분비되는군요. 오늘 밤은 두 발 뻗고 잘 것 같습니다."

"그럼 공판일에 법정에서 뵙겠습니다."

창규가 일어나 인사를 했다. 조일산은 신신당부를 두고 교도관과 함께 나갔다.

'소년백제일보. 10월 6일자.'

창규의 머릿속에 욱여넣은 건 그것이었다. 어제 동선을 그리다 알아낸 검찰 측 공소장의 허점 하나. 거기에 추가하면 굉장한 파급이 될 것 같았다.

창규는 머리에 마지막 퍼즐을 그렸다. 그건 재경부 장관이나 국세청장이었다.

짐작하는 단서가 거기서 나와준다면 의외의 개가를 올릴

희망이 컸다.

고무된 심정으로 복도로 나왔다. 교정 잡지에서 아른거리던 무늬는 망각한 창규였다. 몇 걸음 걷다 보니 복도 끝 쪽이 소란해 보였다.

"아, 변호사님, 시간 되면 국수 한 그릇 드시고 가세요."

조일산을 데려갔던 교도관이 창규를 불렀다.

"국수요?"

"오늘이 우리 구치소 간부님들 자원봉사 날이거든요. 한 달에 한 번 부부 동반으로 직원들하고 구치소 수감자들에게 식사 봉사를 하는데 오늘 메뉴는 충청도식 장터국수입니다."

"국수요?"

호기심에 고개를 들자 구치소장과 그 아내가 보였다. 정답게 서서 앞치마를 두르고 배식을 하는 부부는 그림이 좋았다. 천상배필이 따로 없는 것이다.

"두 분 그림 좋죠? 우리 소장님, 교도 행정도 특급이지만 아내 사랑도 특급이랍니다. 매년 해외 자유 여행을 서너 차례 같이 가는 건 기본이고요, 칼퇴근에 손톱에 스키니 네일까지 직접 붙여주는 분이죠. 한마디로 지구 최강의 모범 가장이십니다."

지구 최강.

그 말이 자극이 되어 부부를 한 번 더 보게 되는 창규. 둘은 닮았다. 특히나 웃는 모습이 그랬다. 훤한 마스크도 비슷하다. 첫인상이 참 좋은 그런 부부였다. 그런데……

"……!"

창규의 동공이 거기서 멈췄다. 이미지가 기막히게 닮은 부부.

그러나 그들은 닮지 말아야 할 그것까지 똑같이 닮고 있었다.

구자룡 소장의 볼……

그 아내 여선주의 볼에도……

破!

창규는 보았다. 달덩이처럼 뽀얀 두 볼에 사이좋게 떠오른 혼귀왕의 낙인. 그건 이들 부부가 쇼윈도 부부, 즉 타인에게 보여주기 위해 가식적 애정을 과시하는 디스플레이 부부라는 뜻이었다.

'젠장!'

창규가 고개를 저었다. 그래도 사라지지 않았다. 혼귀왕의 오더가 분명했다.

"소장님!"

가까이 다가선 창규가 구자룡을 불렀다.

"어, 강 변호사님, 접견 끝났습니까?"

"예."

"국수 많이 먹고 가세요."

구 소장이 국수 그릇을 내밀었다. 그의 아내는 그 위에 고명을 듬뿍 얹어주었다.

그 볼에 선명한 破.

글자는 구 소장 쪽이 더 선명하다. 두 사람의 破는 국수에서 나는 김처럼 나른하게 반짝거렸다.

*　　　　*　　　　*

"기재부 장관은 해외 순방 중이라는데요? 내일 오후에 귀국해 공판에 증인으로 나올 모양입니다."

"국세청장은 자리에 있습니다. 오늘 오후 7시 세라믹 호텔에서 열리는 국제 심포지엄에 연사로 참가할 예정이라고 합니다."

사무실에서 보고가 들어왔다. 창규가 먼저 짚어봐야 할 사람은 국세청장으로 결정되었다.

창규는 사무장에게 두 개의 임무를 맡겼다. 소년백제일보사와 동선의 체크였다.

세라믹 호텔 로비는 붐비고 있었다. 창규는 지인을 통해 세무사와 통화를 했다. 그를 통하니 심포지엄에 참석하는 건 어렵지 않았다. 자리는 맨 앞에서 두 번째 줄을 잡았다. 대다수의 사람들은 강연장의 앞쪽을 좋아하지 않는다. 더구나 이 심포지엄은 정부 주최. 자발적으로 오는 사람이 많을 리 없었다.

시간이 되자 귀빈들이 들어서기 시작했다. 맨 앞 좌석은 그들이 차지했다.

오래지 않아 국세청장이 등장했다. 많은 사람들이 그를 맞이했다. 창규의 지척까지 다가온 그가 초청연사들과 담소를 나눴다. 창규는 바로 작업(?)에 들어갔다.

뇌물?

대한민국 빅 쓰리의 한 사람. 그렇기에 한 번은 체크해 보고 싶은 사람이었다. 하지만 그보다는 수임에 충실했다. 지금 이 순간, 창규에게 필요한 건 조일산의 소송이었다.

[조일산]
[삼광리얼통상]
[신규 면세점 사업권]

세 가지 키워드를 넣었다. 섭취물이 많이도 나왔다. 가장 많은 건 막걸리였다. 국세청장은 막걸리 마니아였던 것.

자료 중에 조일산과의 만남은 없었다. 대신 다른 사람이 나왔다. 국무총리였다.

모두 두 번이었다. 그때마다 아귀찜을 먹었다. 그건 국무총리 취향이었다. 큰 음식점은 아니지만 타인의 눈을 의식한 것인지 뒷문을 이용했다. 뒷문은 2층 끝의 내실에 연결되어 있었다. 두 사람은 매번 거기서 만났다.

아귀… 콩나물… 미더덕… 홍합…….

푸짐한 해물과 함께 두 사람의 기록을 리딩하기 시작하는 창규.

"문제가 없단 말이오?"

총리의 목소리가 먼저 나왔다.

"예……."

"그래서 그 사람들이 뻣뻣하게 나오는군."

"어떻게 할까요?"

"어쩌겠소? 법대로 대해주는 수밖에."

"법대로라면?"

"대통령의 의중 말이오, 변화를 원하고 계시지 않소."

"……."

"사업권을 너무 오래 누리다 보니 특허라도 얻었다고 생각하는 모양인데 경종 좀 울려주세요."

"총리님께서 의중을 두신 기업은?"

"그런 거 없습니다. 하지만 기왕이면 제대로 된 충격 요법을 쓰는 게 좋겠지요. 그 업계 사람들이 다 놀라 자빠지도록."

총리 목에 힘이 들어갔다.

"그러자면 SKR이 적격인데……."

"나쁘지 않지요. 거기 조 회장은 대기업이 아니면서도 자발적으로 지원금을 내놓은 사람입니다."

"그럼 충격 요법의 대상은 역시 D와 Y?"

국세청장의 손이 빠르게 움직였다. 그는 메모지를 놓고 이니셜을 쓰는 중이었다. SKR에 동그라미가 쳐지고 D와 Y에 가위표가 새겨졌다.

"꼴랑 5억을 내놓겠다는 사람들이지요. 애들 장난도 아니고… 특별한 문제가 없다면 적극 검토해 보세요."

"이 건은 전문위원들이 결정할 문제입니다. 우리는 그 사람들 결정을 존중하면 될 일이지요."

국세청장이 의미심장한 미소와 함께 메모를 찢었다. 그는 몇 번이고 더 찢은 후에 테이블 밑의 쓰레기통에 던졌다. 바로 그때 작은 복도에서 무슨 소리가 들렸다.

퉁!

"……?"

뭐야?

총리가 국세청장을 바라보았다. 국세청장이 일어나 문을 열었다. 거기 있는 건 남자 주인이었다. 주인은 당황한 얼굴로 떨어진 핸드폰을 주워 들었다.

"죄송합니다. 뭐 필요한 게 있나 여쭈러 왔다가……."

"없어요. 계산서나 가져오시오."

국세청장이 말했다. 총리와 국세청장의 회동은 그것으로 끝났다.

메모…….

리딩을 끝낸 창규가 고개를 갸웃거렸다. 이니셜을 적은 메모. 100% 확신할 수는 없지만 SKR은 삼광리얼통상이 분명했다. 나머지 두 이니셜은 지난번 심사에서 물을 먹고 면세 사업권을 박탈당한 두 그룹…….

하지만 아쉬웠다. 국세청장은 메모를 발기발기 찢었고 테이블 아래의 쓰레기통에 넣었다. 벌써 3개월 전의 일. 그 쓰레기통이 그대로 있을 리는 만무했다.

그렇다고 소득이 없는 건 아니었다. 소장(訴狀)을 보면 총리와 국세청장은 따로 만난 적이 없다고 주장했다. 근처의 CCTV를 확보할 수 있다면 그 주장을 뒤집을 수 있었다.

결과를 유추하자면 조일산에게는 어부지리가 떨어진 것 같았다. 그러나 총리와 국세청장이 입을 다물면서 대기업의 뇌물 건에 함께 묻어간 조일산이었다. 규모가 가장 작다 보니 검찰이 만만하게 보고 본보기 직격탄을 쏘았다. 그렇기에 몇 안 되는 구속 수사에 포함된 것이다.

심포지엄이 끝났다. 참석자들은 자리를 옮겨 식사를 하게 되어 있다. 창규는 뒤쪽 출구로 먼저 나왔다. 연회장에서는 요리사들이 뷔페 음식을 세팅하고 있었다. 주최 측 직원들은 전부 핸드폰을 들고 돌아다니는데 요리사들은 한 명도 그러지 않았다.

"요리사는 핸드폰을 만지지 않습니다."

전에 들린 요리점의 세프 말이 떠올랐다. 몇 가지 이유가 있었다. 첫째는 위생 문제고. 둘째는 요리에 집중하기 위해서. 유럽의 고급 레스토랑 요리사들은 출근과 동시에 핸드폰을 보관함에 놓고 칼을 잡는다는 말도 그때 들은 말이었다.

'응?'

그 말에 겹치는 장면이 있었다. 총리와 국세청장이 밀회한 그 자리. 복도에서 들리던 소음. 국세청장이 문을 열자 당황하던 주인장. 그때 주인장은 분명 핸드폰을 주워 들고 있었다.

주인장.

왜 핸드폰을 가지고 있었을까?

왜 떨어뜨렸을까?

통화를 하던 거라면 총리와 국세청장에게 들렸을 일. 그렇다면 문자?

'아니지.'

창규가 고개를 저었다. 총리와 국세청장이 은밀하게 만나는 자리. 믿을 만한 주인장이기에 정했을 약속 장소였다. 그런 주인장이 부주의하게 그 복도에서 문자를 보내거나 확인할 리가 없었다.

마음에 걸렸다. 창규는 결국 오래된 아귀찜집을 머리에 그리며 차에 올랐다.

"어, 변호사님!"

주차를 하고 아귀찜 후문 골목에 접어들었을 때였다. 거기서 사무장과 상길을 만났다.

"사무장님."

"여긴 웬일이세요? 우리가 실수할까 봐서요?"

사무장이 웃었다.

"아뇨… 그냥……"

"CCTV는 간신히 확보했어요."

사무장이 USB를 들어보였다.

"진짜요?"

"시간이 많이 지났잖아요? 근처 CCTV는 다 덧씌우기로 넘어가서 틀렸나 싶었는데 저기 연구원의 CCTV가 남아 있더라고요. 거긴 다행히 HDD 용량도 크고 한 달 단위로 녹화본 보관을 하고 있었어요."

"내가 말한 사람들도 화면에 보이나요?"

"사람은 선명하지 않지만 체형 구분은 되고요, 차량 번호는 비교적 잘 찍혔어요. 최대 확대를 해보니 번호판 구분이 되더군요."

"어린이신문은요?"

"그거야 누워서 떡먹기죠. 말씀하신 구절도 확인했어요."

"흐음, 그럼 여기가 아구찜 맛집이라는데 떡 본 김에 제사 지낼까요?"

창규가 매산 아귀찜집을 가리켰다.

아귀찜이 나왔다.

내실에서 받은 요리는 때깔부터 달랐다. 다른 집의 아귀찜 은 붉은빛이 요란하지만 이곳 요리는 검은빛이 살짝 돌았다. 된장 때문이었다. 먹어보면 대략 소스 배합을 짐작하는 창규. 된장 깊은 맛이 다른 양념과 섞여 푸근한 맛을 내는 요리였 다.

"맛이 묵직한데요?"

"그러게? 내 인생 아귀찜?"

상길과 사무장이 합창을 했다.

"혹시 주인어른 좀 볼 수 있을까요?"

벨을 누른 창규가 종업원에게 물었다. 창규네가 앉은 자리 는 총리가 예약했던 방의 옆방. 요리에 대해 묻는 척하며 리 딩을 할 참이었다. 하지만 장마다 꼴뚜기는 아니었다. 북한 억 양이 남은 여종업원의 말이 그걸 알려주었다.

"주인 사장님은 물건 때문에 나가셨습네다. 요즘 국산 아귀가 딸려서요."

"······!"

맛나던 아귀 맛이 갑자기 곤두박질을 쳤다. 사람은 역시 심리의 동물이었다.

*   *   *

나는 강원도 촌닭이다. 강원도 산골 마을에서 4년을 살았다. 그때는 그 말이 싫었다. 지네나 노래기보다 더 싫었다. 한국 지도에서 그곳이 사라지길 바란 적도 있었다. 하지만 지금은 그 곳이 그립다. 나를 놀려대던 친구들이 그립다. 그곳을 떠나오고서야 그곳이 좋은 줄을 알게 되었다.

나는 반성하고 있다. 그래서 내 마음에 약속을 했다. 나중에 큰 사업가가 된다면 나는 강원도의 그 산골 마을에 기부를 하고 싶다. 통 크게 100억을 할 것이다. 그러기 위해서는 공부를 열심히 해서 록펠러처럼 위대한 사업가가 되고 싶다.

창규는 사무장이 가져온 어린이신문 자료를 확인했다.

100억!

아주 또렷하게 보였다. 창규는 이 위풍당당한 단위가, 창규에게도 조일산 회장에게도 구세주가 되기를 빌었다.

점심시간이 지나자 창규가 일어섰다.

"저 출장 좀 다녀올게요."

창규가 사무실을 돌아보며 말했다.

"오래 걸리십니까?"

공소장을 검토하던 일범이 물었다.

"가급적 빨리 올게."

"사무장님이 확보한 사진 캡처에 관련된 증언과 기록은 찾
아놨습니다만……."

"어떻게 되어 있어?"

"간단히 말하면 이렇습니다. 우리는 그 일로 어떤 공사적인
만남도 가진 적이 없다. 총리와 국세청장이 2차 공판에 나와
밝힌 증언입니다."

"오케이. 그 부분만 따로 좀 부탁해."

당부를 남기고 복도로 나왔다. 1호실 조홍영의 사무실도
붐비고 있었다. 기자들이 쳐들어온 것이다. 창규는 뒤도 돌아
보지 않고 계단참으로 향했다.

부릉.

시동을 걸었다. 매산 아귀찜집으로 갈 생각이었다. 어제는
실패한 주인의 섭취물 리딩. 마음에 걸려 있는 핸드폰에 대한
걸 확인하려는 것이다.

하지만 차질이 생겼다. 문에 붙은 종이를 보고 알았다.

―금일 정기 휴일.

"……!"
글자를 보는 순간 정신이 아찔해졌다. 정기 휴일?
가게 문 닫는 날?

다음 날 아침, 일범과 사무장은 법원 앞에 있었다. 둘은 창
규를 기다리는 중이었다. 어제 나간 창규는 아침에도 출근하
지 않았다. 법원으로 바로 오겠다는 연락이 왔을 뿐이었다.
처음에는 별로 걱정하지 않았지만 지금은 달랐다. 공판 개정
시간이 닥쳐온 것이다.
창규 핸드폰에 전화를 걸었다.
―전원이 꺼져 있어…….
반갑지 않은 멘트가 나왔다. 벌써 다섯 번째였다. 이른 아
침, 일범의 핸드폰에 연락이 왔었다. 딱 한 마디였다.

"서울로 가고 있어. 법원 앞에서 만나자고."

그래서 바리바리 싸들고 온 자료. 그런데 창규가 보이지 않
는 것이다.

"사고는 아니겠죠?"

일범이 대로를 바라보며 중얼거렸다.

"당연하죠."

"아, 진짜……."

다시 시계를 보는 일범. 이제 공판은 15분 전이었다. 그러는 사이에 구치소 차량이 도착했다. 거기서 조일산이 내렸다. 총리도 내렸다.

"조 회장님."

일범이 다가가 인사를 건넸다. 일범과 함께 일한다는 건 창규로 인해 알고 있는 조일산이었다.

"강 변호사는?"

"곧 도착할 겁니다."

"그럼 법정에서 봅시다."

조일범은 교도관들의 인솔을 받으며 법정으로 향했다. 다시 시계를 보는 일범.

이제 남은 시간은 10분이었다. 검찰 쪽 공판 검사들은 이미 20분 전에 입장을 했다. 그들이 신청한 증인들도 속속 도착을 했다. 어마무시한 회장님들이 보이고 재경부 장관, 국세청장도 보였다.

"……."

그사이에 또 5분이 흘렀다. 일범은 초조한 마음에 한 번 더 핸드폰을 걸었다.

─전원이 꺼져 있어…….

"허얼."

일범이 전화를 끊자 사무장 얼굴에도 검은 기색이 끼기 시작했다.

"만약……."

일범이 대로를 보며 뒷말을 이었다.

"선배님이 안 오시면……."

"……."

사무장은 대답하지 않았다.

"피고 측 변호인 계시면 입정하세요. 곧 개정입니다."

법정 경위가 나와 일범 쪽을 향해 외쳤다.

"어쩌죠?"

"일단 먼저 들어가세요. 강 변호사님은 꼭 오실 거예요."

"……."

"어서요."

"알겠습니다."

일범이 무거운 걸음을 떼었다.

"……!"

사무장의 시선은 도로에서 떨어지지 않았다.

사고라도 난 걸까?

일범의 말을 부정했지만 이제는 슬슬 그쪽으로 기우는 마음이었다. 그렇지 않고서야 이렇게 중요한 공판에 시간을 어길 리 없는 창규였다.

9시 30분.

"443호 법정, 폐문합니다."

법정 경위가 복도를 보며 외쳤다. 들어올 사람이 있으면 입장하라는 마지막 신호였다.

'강 변호사님······.'

사무장의 시선이 떨렸다. 어제 사무실을 나간 창규. 술판을 벌이거나 여자 끼고 곯아떨어졌을 리 없었다.

'사고로군.'

그것도 심각한······.

사무장이 고개를 저었다. 모든 계약에는 위약금 조항이 있었다. 삼광리얼통상 것은 상당히 컸다. 수임료 자체가 많은 까닭이었다. 하지만 그보다 더 걱정스러운 건 창규의 안위였다. 경찰에 신고를 해야 하나 하고 핸드폰을 볼 때였다. 저만치 폭풍 질주 해오는 창규가 보였다. 어디서부터 뛰어오는 건지 모든 게 엉망이었다.

'변호사님?'

더 뜯어볼 것도 없었다. 눈치 빠른 사무장은 창규가 아니라 법정을 향해 뛰었다. 그녀는 문을 닫으려는 법정 경위를 재빨리 막아섰다.

"죄송해요. 우리 변호사님이 설사가 나서……."

인간에게 있어 가장 근본적인 이유를 갖다 붙이는 사무장. 단호하던 경위의 얼굴이 주춤거리는 게 보였다. 그사이에 창규가 복도에 들어섰다.

"여기요."

사무장이 한 손을 들었다. 다른 한 손은 문 손잡이였다. 그 틈에라도 법정 문이 닫힐까 봐 방어를 하고 있는 사무장.

"권 변은?"

창규가 물었다.

"입정해 있어요."

"고마워요. 미안해요."

상황을 간파한 창규가 법정에 들어섰다. 재판장 이하 모두의 시선이 쏠렸다. 창규의 몰골 때문이었다. 어제 입었던 양복에 마구 헝클어진 머리카락. 명색이 변호인이오, 정숙한 분위기를 요하는 법정이었으니 따가운 시선을 받지 않을 수 없었다.

"죄송합니다."

모두를 향해 인사하고 변호인석에 앉았다. 얼굴과 목에는 땀이 홍수를 이루고 있었다. 일범이 손수건을 꺼내 주었다.

"선배님."

"미안……."

"괜찮습니다. 저 혼자 숨넘어갈 뻔했는데 이렇게 오셨으
니……."

"땡큐!"

창규가 숨을 돌리며 손수건을 받았다. 땀을 닦고 손가락으
로 대충 머리를 만졌다. 후우, 조일산의 한숨 소리가 창규 귀
를 울렸다.

안도와 황당함이 뒤섞인 한숨이었다. 창규는 넉살 좋게 웃
어보이고는 서류 봉투를 꺼내놓았다. 심장은 아직도 밖으로
뛰어나올 듯이 뛰고 있었다.

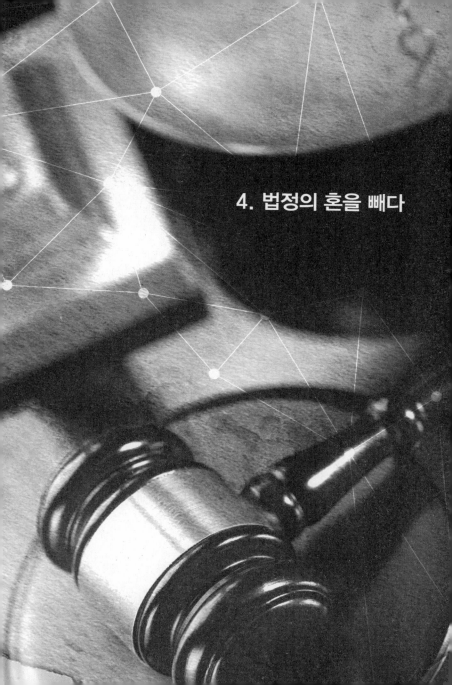

4. 법정의 혼을 빼다

공판장.

사람이 많았다. 변호사도 많고 공판 검사도 많았다. 여러 그룹이 연관된 일이라 관련 회장단들도 모조리 출석한 차였다. 한 회장단의 변호인석에 조흥영이 보였다. 창규와 눈이 맞자 살짝 고개를 돌린다. 중요한 공판에 늦은 변호사. 기본이 안 됐다고 오해한 모양이었다.

진행은 지난번 공판에 이어졌다. 첫 다툼은 D그룹이었다. D그룹은 150억을 출연한 재벌가. 회장이 직접 나와 국무총리의 강압에 관한 증언을 내놓았다.

"모범을 보여달라고 했습니다. 과거의 예를 빗대 구체적인 액수도 말했고요, 한 기업의 총수로서 상당한 부담을 느낄 수밖에 없는 자리였습니다."

"모범이라는 것에 대해 구체적으로 말해주세요."

공판 검사가 나섰다.

"앞뒤 맥락을 종합하면 거액 출연을 하라는 압박이었죠."

"제시된 액수는 얼마입니까?"

"전전 정권 때 나온 200억 출연을 거론했습니다."

"200억을 내라는 분위기였나요?"

"제 판단에는 그랬습니다."

"앞뒤 맥락에 대해 부연을 요구합니다. 모범이라는 말은 솔선수범처럼 '먼저'의 뜻으로도 해석될 수 있으며 총리가 제출한 자료에도 언급이 되었습니다."

이번에는 총리 측 변호인이었다.

"200억 거론은 덕담으로써 나온 말이지 구체적으로 증인을 압박한 의미는 아니었습니다."

변호인은 회장의 증언을 희석시켰다. 다른 증인들도 비슷했다. 뇌물 공여죄 혐의를 받고 있는 회장들은 변론인을 통해 자신들이 정권의 희생양임을 숨기지 않았다. 그러다 Y그룹 회장의 입에서 한국 정치와 기업의 현주소가 도마에 올랐다.

"한국의 현대사에 있어 정권의 눈 밖에 나서 살아남은 기업은 없습니다. 단적인 예로 국제그룹이 있지요. 당시 대한민국을 대표하던 그룹이었지만 한순간에 가루가 되었습니다. 나아가 D그룹은 또 어땠습니까? 기업인들은 정권에서 요청하면 내놓아야만 하는 입장입니다. 이런 걸 고려치 않고 정치권에 성금을 냈다는 사실만으로 죄인 취급 하는 것은 옳지 않다고 생각합니다."

Y그룹 회장이 열변을 토하자 법정은 잠시 정적에 휩싸였다. 대한민국의 슬픈 현주소였다.

그 이후에 총리와 기재부 장관, 문화체육부 장관이 두 번씩 나와 증언을 했다. 그들의 논조 또한 변함이 없었다. 기업들의 협력을 요청한 적은 있지만 결코 강제나 강압은 아니었다는 것. 어려운 일이 있을 때 기업과 협력해서 숙원 사업을 해결하는 건 역대 정권에서도 늘 있었던 일이라는 말이었다.

끝머리는 행림 장학 재단의 이사장 백병기와 사무총장 홍상표였다. 이번 성금사건의 시작이자 끝이라 할 수 있는 재단. 기업들의 성금을 중간에서 관리한다는 미명하에 사적으로 탕진하고 재단의 배를 불린 것이다. 그들 역시 대답은 같았다.

"기업에서 먼저 제시한 것이지 재단의 그 어떤 사업도 우리가 먼저 손을 내민 적은 없습니다."

주장들은 평행선을 달린다. 이래서 사지사건이다. 결정적인 증거도 없는 데다 서로 자기주장만 내세우니 의혹만 커지는 것이다.

그사이에 창규와 일범은 메모지로 의견을 나누고 있었다.

―곧 우리 차례입니다.

―그렇군.

―자료의 차례는 이 메모대로입니다.

―수고했어.

―이제 괜찮으십니까? 아까는 숨넘어가는 줄 알았습니다.

―숨넘어가더라도 공판은 끝내고 넘어가야지.

―선배님은 진짜…….

―소년백제일보 글짓기 PPT는 권 변이 맡아.

―그건 걱정 마십시오.

―CCTV 화면도 잘 준비하고.

―그건 문제가 없는데 화질 상태가 문제입니다. 확대를 하면 못 알아볼 사람도 있을 거 같아서요.

―보충 자료 찾았으니까 걱정 마.

―정말입니까?

―그러니까 걱정 말고 가지고 있는 자료만 잘 띄워. 타이밍 맞춰서.

―실은 아까 너무 놀라서 정신 줄이 외출을 했거든요. 잘할 수 있을지 모르지만 목숨 걸고 해보겠습니다.

―진짜 목숨 걸 거면 제대로 걸어서 여기서 끝내자고.

―끝을 내요?

메모를 적던 일범이 창규를 바라보았다.

―목숨이 몇 개라도 돼? 그러니 한 방에 끝내야지.

―선배님.

―준비해. 우리 차례야.

창규는 일범의 시선을 피해 조일산을 바라보았다. 신념으
로 가득한 눈빛이었다.

'이제 우리 차례입니다.'

'그렇군요.'

'당당하세요.'

'강 변호사만 믿소.'

창규와 조일산은 눈으로 말했다.

"피고 조일산 증인석으로 나오세요."

마침내 재판장의 호명이 나왔다. 창규는 빗장뼈에 걸린 날
숨을 단숨에 밀어냈다. 공판 검사의 추궁이 시작되었다.

"피고 조일산, 직업이 뭡니까?"

"삼광리얼통상 대표입니다."

"삼광은 연 매출이 얼마나 됩니까?"

"1조를 오갑니다."

"대표의 연봉은 얼마입니까?

"실수령액으로 약 20억쯤 됩니다."

"총리에게 갖다 바친 금액은 얼마입니까?"

"……."

"얼마냐고 묻고 있습니다."

"잠깐, 검찰 측은 지금 성금을 뇌물로 단정하는 취지의 발언을 하고 있습니다."

창규가 1차 방어에 나섰다.

"변호인 측, 교체로 들어와서 잘 모르는 모양인데……."

"교체와 상관없는 일입니다. 선고가 나온 것도 아닌데 확정적인 어투는 피고에게 위압감을 줄 수 있습니다."

"인정합니다."

재판장이 창규 손을 들어주었다. 시작은 좋았다.

"좋습니다. 총리실에 제공한 52억. 삼광의 사세에 비추어 합당한 금액이라고 생각합니까?"

"성금이라는 게……."

"예, 아니오만으로 대답하세요."

"예, 아니오로 대답할 사안이 아닙니다."

"예, 아니오만으로 대답하세요!"

"그렇다면 이번 증언은 사양합니다."

조일산은 길게 대답했다. 그의 신념을 엿볼 수 있는 대처였다.

"좋습니다. 삼광의 52억. 총리실에 송금한 이후 한 가지 불손한 기적이 일어났습니다. 삼광의 신규 면세점 사업 진출. 그 증인으로 국세청장을 신청합니다."

"채택합니다."

재판장이 수락했다.

"증인, 현직 국세청장 맞지요?"

"그렇습니다."

"이번 면세점 신규진출자 선정과정에서 삼광이 선정될 가능성은 얼마였습니까?"

"……."

"말씀하세요."

"대략 1% 미만……."

"기적이군요?"

"그렇다고도……."

"재판장님, 듣다시피 삼광은 면세점 신규 사업자 선정에 선정될 가능성이 희박했습니다. 그러나 총리실에 거액의 금액을 넘겨준 이후에 신규 사업자에 선정되었습니다. 피고 조일산은 순수한 성금이라고 강변하지만 실상은 장학 재단에서 만든 올림픽 지원단 성금안 계획서를 총리에게 넘겨받은 후에 대가를 염두에 두고 거액의 지원을 결정한 것입니다. 총리는 그걸 빌미로 다른 대기업을 닦아세웠습니다. 삼광을 봐라 하면서 말입니다. 이상입니다."

공판 검사가 열변을 토하고 자리로 돌아갔다.

"피고 측 변호인 반대 심문 필요하면 하세요."

재판장이 창규를 바라보았다. 다른 많은 시선도 창규에게 쏠렸다.

강창규.

겨우 서른을 갓 넘긴 새파란 신참 변호사. 최근 이슈가 될 만한 몇몇 사건을 맡았다지만 이 법정의 법조인들에 비하면 새 발의 피에 불과한 경륜이었다. 그 경량급을 바라보는 시선들은 한결같은 호기심으로 가득했다.

과연…….

어떤 변론을 펼칠 것인가?

조일산은 무슨 똥배짱으로 강창규를 선임했을까?

모두의 시선을 받으며 창규가 증인 앞으로 나섰다.

"증인!"

창규의 시선이 조일산의 미간을 겨누었다.

"예."

"총 52억을 기부하셨습니다. 총리에게 40억, 올림픽 관련 단체에 12억."

"예."

"검사님 말대로 회사에는 좀 부담스러운 금액이죠?"

"예."

"동기가 뭔가요? 대가를 바란 뇌물성 기부인가요? 아니면 진짜 국가를 위한 성금인가요?"

"그건 국가를 위한 성금이자 내 어린 날에 대한 약속의 실천이었습니다."

"어린 날의 약속?"

"예."

"그게 뭐죠?"

"제가 어릴 때 아버지의 사업이 한치 앞을 볼 수 없게 되면서 지금 올림픽이 열리는 산골 마을에서 살게 된 적이 있습니다. 그때는 싫었지만 나중에 돌아보니 애정이 가더군요. 제 처음이자 마지막 시골 생활이었거든요. 그래서 제가 사업가로 성공하면 100억을 내서 마을을 아름답게 가꾸겠다고 다짐을……."

"피고 측은 지금 소설을 쓰고 있습니다."

공판 검사가 태클을 걸고 나섰다.

"맞습니다. 소설!"

창규가 그 말을 정면으로 받았다.

"……?"

"재판장님, 피고가 한 말은 소설입니다. 그러나 지어낸 소설이 아니라 실화를 바탕으로 한 소설입니다. 그에 대한 증거 설명 시간을 요청합니다."

"어떤 증거입니까?"

재판장이 물었다.

"신문기사입니다."

"그렇다면 수락합니다."

"그 전에 검찰 측의 공소장에 중대한 하자가 있음을 먼저 천명합니다."

"하자라니?"

공판 검사가 발끈하며 나섰다.

"PPT를 사용해도 되겠습니까? 재판장님이 허락하신 신문기사까지 이어지는 자료입니다."

"수락합니다."

판사의 말이 떨어지자 창규가 일범에게 신호를 보냈다. 일범이 PPT 화면을 띄웠다. 화면에는 과천 청사에서 총리실 공관까지의 대략적인 지도가 떠올랐다. 지도의 코스는 세 곳이었다.

"본 개략도를 설명하기 전에 검찰 측에 질문합니다. 공소장을 보면 피고 조일산과 총리의 2차 독대 시간이 이른 '오후'로 특정되어 있습니다. 맞습니까?"

창규는 재판정의 주의부터 환기시켰다.

"맞습니다."

공판 검사가 확답했다.

"고맙습니다. 그럼 설명합니다. 검찰과 지난 변론인의 공방에 의하면 이날, 문제가 되는 장학 재단 측에서 민간 차원 올림픽 지원안이라는 서류를 출력한 건 오전 9시 20분으로 확인되었습니다. 9시 40분, 이 서류는 재단 이사장 백병기를 거쳐 실무 책임자이자 총리의 장학 재단을 총괄하는 사무총장 홍상표에게 전달되었습니다. 이는 검찰과 전 변론인이 사무총장의 문자메시지로 확인한 내용입니다. 검찰은 이 지원안이 총리를 통해 조일산에게 전달되었고 그에 따라 52억이 뇌물성 지원금이라는 주장을 펼치고 있습니다."

창규가 숨을 고르며 검사를 바라보았다. 검사는 독수리의 눈으로 쏘아보고 있었다.

"9시 40분, 사무총장이 이 서류를 받은 시점입니다. 그 비슷한 시기의 9시 50분 경, 조일산은 이미 총리를 만나고 있었습니다. 그리고 그 독대는 10시 10분에 끝났습니다. 이는 지난 공판에서 변호인 측의 확인으로 제기된 사실입니다. 맞습니까?"

다시 공판 검사를 겨누는 창규의 시선.

"맞습니다."

공판 검사가 기계적으로 대답했다.

"이제 개략도를 봐주시기 바랍니다. 여기 저희 사무실 차량과 타이머, 거리 측정기 등이 있습니다. 과천에서 총리 공관까지의 거리는 약 21㎞입니다. 당시 사무총장이 서류를 받은 시간은 9시 40분, 조일산이 총리 공관을 떠난 시간은 10시 20분. 그러므로 약 40분의 여유가 존재합니다. 즉, 조일산이 서류를 받았다는 가정이 성립하려면 사무총장이 적어도 10시 5분이나 10분까지는 총리 공관에 도착해야만 성립하는 조건입니다."

"……!"

공판 검사가 움찔하는 게 보였다. 그의 눈이 공소장으로 넘어갔다. 뭔가 불길한 느낌이 오는 모양이었다.

"저희가 측정한 시간으로는 과천에서 총리 공관까지 평균 1시간 15분이 걸렸습니다. 자가용 세 대를 동원해 세 가지 경로로 측정했는데 가장 빠른 차가 1시간 9분, 가장 늦은 차가 1시간 22분이었습니다. 여기서 사무총장과 총리께 묻겠습니다. 이날 혹시라도 헬기를 띄운 적이 있습니까?"

창규의 시선이 두 증인을 겨누었다.

"우리 재단에는 헬기가 없습니다."

"없소."

사무총장과 총리가 같은 대답을 내놓았다.

"그렇다면 조일산은 죽었다 깨어나도 장학 재단의 지원안 봉투를 받을 수 없습니다. 사무총장이 총리 공관에 도착했을 때는 이미 공관을 떠난 후니까요."

"이봐요."

공판 검사가 일어났다.

"봉투에 관한 증언이라면 조일산 측 증인의 증언을 상기하시기 바랍니다. 지난 2차 공판, 조일산의 비서실장은 분명 착오였다는 취지의 발언을 했고 기록도 되어 있습니다."

창규는 검사의 예봉을 막아버렸다.

"종합하건대 조일산과 총리가 오후에 만났다는 공소장은 잘못되었습니다. 공소장의 시간 변경을 요구합니다."

콰앙!

공판 검사의 뇌리에 벼락이 치는 게 보였다.

오전과 오후!

글자 하나 차이다. 그게 무슨 의미가 있을까 생각할 수 있다. 하지만 그게 아니었다. 범행이 일어난 시간은 공소에 있어 핵심적인 역할을 한다. 그게 잘못되었다는 것인즉, 공소 자체가 잘못되었다는 의미. 그러니까 창규가 치명타를 날린 것과 같았다.

"……!"

공판 검사는 구겨진 미간으로 동료 검사를 바라보았다. 그 역시 고개를 저었다. 그리고 별수 있는 게 아닌 상황이었다.

"검찰 측!"

재판장이 묵직하게 물었다. 어떻게 하겠냐는 재촉이었다. 공판 검사는 선 채로 움직이지 못했다. 공판장에 나온 사람들은 전부 쟁쟁한 변호사와 검사들. 법리를 아는 그들 앞에서 검찰이 생떼를 쓸 수도 없는 일이었다. 결국 주저하던 그의 입술이 열리고 말았다.

"공소장 변경… 피고 측의 주장을 받아들입니다."

"……!"

이번에는 일범의 눈에 지진이 일었다.

'아자!'

일범은 온몸의 전율을 참으며 소리 없는 감격을 삼켰다. 이 어마어마한 법정 분위기를 지배하는 창규. 지난번 보았던 카리스마가 다시 작렬하고 있는 것이다.

"검찰 측의 결단에 경의를 표하며 다음으로 넘어갑니다. 이번에는 조일산이 대가성 뇌물로 오해를 사고 있는 올림픽 지원금 52억에 대한 증거자료입니다."

창규가 일범에게 신호를 보냈다. PPT 화면에 낡은 신문기사가 떴다.

"이 화면은 조일산이 초등학교 6학년 늦가을 때 지은 글짓기가 실린 소년백제일보 10월 6일자 3면 기사입니다. 여기 밑줄 친 곳을 보면 조일산의 현재 진술에 한 치의 오차도 없는

100억 다짐이 나오고 있습니다. 따라서 조일산이 쾌척한 52억은 뇌물이 아니라 소년의 숭고한 꿈을 실천한 기부입니다. 그렇기에 계좌를 통해 입금을 한 것이지 불손한 의도였다면 현금으로 내는 게 마땅하지 않습니까? 이런 까닭에 그 시기가 우연히 신규 면세점 진출과 맞물렸다고 해서 의심한다는 건 온당치 않습니다. 검찰은 모호한 논고로 싸잡아 수사를 할 게 아니라 조일산의 숭고한 꿈에 오히려 박수를 보내야 할 것으로 생각합니다."

이번에는 공판 검사를 정통으로 겨누는 창규의 시선. 검사는 독사 앞에 던져진 개구리처럼 옴짝도 하지 못하고 있었다. 창규는 추상같은 변론에 박차를 가했다.

"검찰 공소장의 끝을 보면 경영권 강화의 불법 시비를 묵인받는 특혜도 누렸다고 하는데 조일산이 총리와 1차 접촉한 시기를 보면 이미 주주총회의 결의가 끝난 일이라 특혜를 목적으로 뇌물을 바칠 이유의 근거 또한 설득력 없는 억측에 불과합니다."

"……"

검사의 미간이 한 번 더 구겨졌다.

"따라서 본 변호인은 검찰 측에게 질문합니다. 방금 공소장의 내용을 변경할 용의가 있다고 하셨으니 이 경우까지 고려해 주셨으면 합니다."

"……."

"그에 대한 자료 공개를 마지막으로 신청합니다, 재판장님."

"어떤 자료인가요?"

"본 변호인은 오비이락의 결정적 장면이 아닐까 합니다만 판단은 검찰 측과 재판장님의 몫일 것 같습니다. 다만 단언컨대 이 자료 하나로 오늘 재판의 분위기가 바뀔 것만은 분명하다고 생각합니다. 특히 총리님과 국세청장님……."

창규의 시선이 증인석으로 날아갔다. 눈길이 마주친 총리와 국세청장이 긴장하는 게 보였다. 애송이 변호사. 게다가 이 공판에 처음 등장했기에 관심도 없던 그들이었다. 그런데 분위기가 그게 아니었다. 다른 쟁쟁한 변호사들보다 더 강력하게 판을 흔들고 있지 않은가? 그들은 애써 태연한 척했지만 총리 이마에서는 벌써 식은땀이 흘러내렸다. 창규의 신들린 변론에 긴장한 것이다.

"큼큼!"

총리는 괜한 헛기침으로 긴장의 끈을 늦춰놓았다.

일범은 비장한 표정으로 마지막 자료를 PPT에 걸었다. 두 개였다. 하나는 사무장이 확보한 CCTV 화면, 또 하나는 일범도 보지 못한 자료. 창규가 조금 전에 가져온 따끈한 그것이었다.

마침내 그 화면이 PPT에 떠올랐다.

"보시다시피 아귀찜 전문점입니다. 매산 아귀찜집. 총리님과 국세청장님, 혹시 이곳을 아십니까?"

창규가 질문을 날렸다.

"변호인은 조일산과 직접 관련된 질문만 하십시오."

수세에 몰렸던 공판 검사가 화풀이라도 하듯 딴죽을 걸었다.

"관련이 있습니다."

창규가 받아쳤다.

"계속하세요."

재판장은 이번에도 태클을 걸지 않았다.

"아십니까?"

다시 닦아세우는 창규.

"모릅니다."

국세청장은 오리발로 나왔다.

"한 번 간 것은 같소이다만."

총리는 양다리를 걸쳐놓았다.

"두 분은 이 사건 이후로 이곳에 간 적이 있습니까?"

"없습니다."

국세청장은 여전히 오리발 모드.

"없습니다."

총리도 고개를 저었다.

확인을 끝낸 창규가 신호를 보냈다. 화면이 넘어갔다. 차량
이 아귀찜 후문 주차장으로 들어가는 장면이었다. 시차를 두

고 두 대가 들어갔다. 화면이 확대되었다. 번호판이 나왔다. 날짜와 시간도 확대되었다. 대기업의 올림픽 지원금이 불거지던 그 시기였다.

"두 차의 번호판을 주목해 주십시오. 하나는 총리의 개인차량이고 또 한 대는 국세청장의 관용차입니다."

콰앙!

법정에 벼락이 떨어졌다. 분명 그랬다. 공판 검사를 비롯한 모든 사람들은 충격에 휩싸였다. 간 적이 없다는 두 사람. 그러나 그들의 자가용이 들어서는 장면. 밀회 추측이 가능한 그림이었다.

"조작입니다. 단언코 저 날, 저 장소에 간 적이 없습니다."

국세청장이 펄쩍 뛰고 나섰다.

"나 역시 가지 않았소."

총리도 가세했다.

"그렇다면 저 차량들은 왜 저기에 있는 걸까요?"

창규가 물었다.

"어쩌면 우리 가족 중의 누군가 몰고 갔을 수도……."

총리가 변죽을 울렸다.

"좋습니다. 그럼 다음 장면을 보겠습니다."

느긋하게 일범을 향해 신호를 보내는 창규. 일범은 터질 듯한 감정을 참으며 지시에 따랐다.

"……!"

화면이 뜨자 국세청장과 총리의 얼굴이 사색으로 변했다. 아귀찜 내실이었다. 그 안에서 총리와 국세청장이 독대하는 장면이었다. 작은 얼굴은 확대되었다. 두 사람은 총리와 국세청장이 분명했다. 영상이 찍힌 날짜도 확대해 주었다. 그 또한 자가용들이 주차장에 들어간 날과 일치하고 있었다.

꿀꺽!

일범은 차마 넘어가지 않는 침을 밀어 넣으며 화면을 키웠다. 마지막으로 테이블이었다. 국세청장이 뭔가를 메모하는 장면. 그 메모지를 확대한 것이다.

"우!"

증인석의 회장들 입에서 비명이 터져 나왔다. 일부는 차마 고개를 숙였다.

메모.

그 메모였다. 총리가 하는 말을 습관적으로 끄적이던 국세청장.

SKR (○)

D그룹 (×)

Y그룹 (×)

확대 배율이 높아 희미하지만 누구든 알아볼 수는 있는 정도의 메모.

"……!"

국세청장의 눈에 지진이 이는 게 보였다. 총리는 체념한 듯 눈을 감은 채 고개를 저었다.

귀신…….

귀신이 아니고는 알 수 없는 일이 벌어진 것이다. 혹시라도 이런 일을 대비해 누구의 눈에도 띄지 않는 허름한 음식점의 내실을 택했던 두 사람… 그제야 총리는 소리 하나를 떠올렸다.

통!

그제야 국세청장은 주인을 생각하게 되었다. 총리의 말을 듣고 문을 열었을 때 복도에 있던 주인. 그 주인이 황급히 주워 올리던 핸드폰.

'망할!'

국세청장이 치를 떨었지만 사단은 이미 벌어진 후였다.

"두 분은 만난 적도, 이 일에 관해 논의를 한 적도 없다고 했지만 영상은 그 반대를 말해주고 있습니다. 동영상의 볼륨은 희미해서 잘 들리지 않습니다. 하지만 검찰의 디지털 포렌식(Digital Forensic)이라면 이 방에서 일어난 대화를, 저 메모가 뜻하는 게 무엇인지를 밝혀내리라고 생각합니다. 검찰 측이 원한다면 증거물로써 협조하겠습니다."

"우!"

증인석에 한 번 더 소란이 일었다. 그들의 변호인단도 그랬다. 공판 검사들 역시 머리가 아프기는 마찬가지였다. 창규가 내민 마지막 영상은 전체 사건을 관통하는 증거가 될 수 있었다. 동시에 조일산의 공소는 유지가 어렵다는 뜻이기도 했다.

첫째는 공소장 내용 때문이었다. 검찰 측 공소의 요지는 조일산이 총리로부터 지원안 봉투를 받으면서 경영권 잡음 해소와 면세점 신규 진출의 대가를 얻었다는 것. 그런데 공소장의 시간을 오후에서 오전으로 변경하면 봉투를 받았다는 논고가 모순이 되어버린다.

둘째는 삼광리얼통상의 사세에 비추어 52억 기부는 대가성 없이 불가하다는 주장 또한 소년백제일보의 글짓기로 인해 사실 입증이 되어버렸다. 이 사안은 검찰이 짐작조차 하지 못한 일이었다.

마지막으로 총리와 국세청장의 비밀회동. 창규의 변론처럼 두 사람이 결정한 일이라면 그야말로 오비이락이자 어부지리였으니 끼워 넣기 수사의 표본이라고 비난을 살 수 있었다.

그게 불거지면 전체 수사에도 난항이 예상되었다. 자칫 참신한 기업가를 족쳤다는 쪽으로 여론이 기울면 다른 대기업 총수들까지도 함부로 다루기가 곤란할 일이기 때문이었다.

"30분 휴정합니다."

분위기를 읽은 재판장이 휴정을 선언했다. 대기업 총수들은 각자의 변론인과 함께 서둘러 퇴장했다. 급변한 법정 분위기에 대한 대책이 필요한 것이다. 총리와 국세청장도 마찬가지. 다만 조홍영 변호사만은 잠시 창규 쪽으로 다가왔다.

"강 변호사."

"선배님……."

"솔직히 지각 입장을 하길래 실망을 했었는데… 정말 기가 막혔소. 대기만성이라더니 내가 이런 인물을 옆에 두고도 몰라봤다니……."

"별말씀을……."

"내 공판 경험 20여년 만에 최고의 변론이었소."

조홍영은 창규의 어깨를 툭 쳐주고 나갔다.

"선배님!"

뒤를 이어 북받치는 일범의 감정.

"쉬잇, 내가 저번에 차재윤 씨 법정에서 뭐라고 했지?"

"아직 끝난 거 아니다……."

"오케이, 여기도 똑같아."

"그래도……."

일범의 눈에는 감격의 눈물이 글썽거렸다.

"허어, 권 변은 아예 멜로드라마 배우로 나갈걸 그랬네. 그만하고 나가서 사무장님에게 대략 얘기나 전하고 와요. 내가 늦게 오는 바람에 애가 타들어갈 텐데."

"알겠습니다."

일범이 득달처럼 뛰어나갔다.

"강 변호사……."

피고석에 앉았던 조일산이 창규 손을 잡았다.

"나가보세요. 우리는 여기 그냥 있겠습니다."

창규가 조일산을 인솔하려는 교도관에게 말했다. 교도관은
끄덕 고개를 숙이고는 복도로 나갔다.

"고맙소."

눈물이 글썽이기는 조일산도 다르지 않았다. 그의 눈은 온
통 붉은 실핏줄로 가득했다.

"방금 말씀드렸잖습니까? 아직 재판 안 끝났다고……."

"내 맹세하건대 혹시라도 내 결백이 풀리지 않아 10년 형을
선고받아도 상관없소. 강 변호사가 내가 원하던 변론을 해주
었으니……."

"……."

"10년 묵은 체증이 다 내려간 기분이오. 아까 보았소. 검찰
과 재판장……. 다들 곤란한 눈빛으로 변하는 걸. 그러면 충
분하오. 내 비록 구치소에 있는 몸이지만 날개라도 달린 기분
이었다오. 법정 안을 훨훨 날았단 말이오."

"아직은 날개를 펼치지 마십시오. 날개는 하늘에서 펼치는

것인데 이 법정 안은 너무 좁으니까요."

창규가 손을 내밀었다. 조일산은 그 손을 힘차게 잡았다.

"어휴!"

사무장의 한숨이 땅을 뚫고 들어갔다. 공판이 끝난 후의 냉면집이었다.

"저는 진짜 피가 마르는 줄 알았다고요."

"미안해요. 워낙 시간이 촉박해서……."

창규는 냉면 그릇을 든 채 욱여넣었다.

"밥도 안 먹고 다닌 거예요?"

사무장이 물었다.

"그게 워낙 긴장이 되다 보니……."

"자초지종이나 말해보세요."

사무장의 목소리가 조금 누그러졌다.

"아귀찜 주인이랑 숨바꼭질을 좀 했거든요."

"숨바꼭질요?"

사무장과 일범이 고개를 들었다. 창규는 국물을 마신 후에 설명을 풀어놓았다.

창규!

어제 아귀찜 집을 찾아갔었다. 하지만 정기 휴일이었다. 내일 와야겠군. 그렇게 생각했지만 생각을 바꾸었다. 아귀찜 집이 오전 11시에 문을 연다는 주변 상인들의 말 때문이었다.

11시.

공판은 9시 30분 속개였다. 내일로 미루었다간 만나지 못할 수도 있었다. 아귀찜 주인의 전화번호를 땄다. 다행히 가까운 이웃 가게에서 알고 있었다.

통화를 하니 마산에 있다고 했다. 아귀를 사러 내려간 참이었다. 내일 오전에 볼 수 있냐고 물으니 부정적인 답이 돌아왔다. 지금 원하는 양만큼 아귀를 구하지 못해 늦을 수도 있다는 말.

별수 없이 마산으로 향했다. 하지만 이제는 전화가 불통이었다. 아귀찜 주인의 배터리가 다 되어버린 것. 그는 늙은 사람이었으니 핸드폰에 대한 의존도가 낮았다. 얼핏 들은 장소까지 갔지만 황당할 뿐이었다. 더구나 아귀 도매상들은 다 문을 닫은 상황.

새벽처럼 일어나 주변 아귀 거래상을 뒤졌다. 데드라인이 임박해서야 겨우 거래처를 알아냈다. 하지만 좋아할 일이 아니었다. 주인이 아귀를 싣고 서울로 갔다는 것. 그때가 새벽 5시 10분이었다.

폭주를 하며 서울로 날아왔다. 주인과 다시 통화가 된 건 아침 8시 40분이었다. 그를 만나 협조를 구했다. 당연히 거절을 당했다.

"그런 동영상 없거든."

그의 첫마디였다. 사실 그가 동영상을 찍은 건 불손한 의도가 아니었다. 과거에는 종종 오던 총리. 그러나 최근에는 발길이 없었다. 나름 존경하던 손님이었던 총리였다.

친한 친구를 만나면 내 단골이 총리라고 큰소리도 쳤었다. 그러나 소심한 성격에 기념사진 한 장 찍지 못하다 보니 증거가 없었다.

마침 그 달 말일이 초등학교 동창회. 그때 보여주려고 터진 문틈으로 몰래 동영상을 찍었던 주인이었다. 총리가 그 시작 소리를 감지했던 것. 이어 국세청장이 문을 열자 놀라 핸드폰을 떨어뜨렸던 것이다.

리딩한 대로 닦아세우자 순진한 주인은 기겁을 했다. 창규는 리딩으로 알게 된 다른 사안과 동영상을 맞바꾸었다. 주인장은 아내 모르는 비자금이 많았다.

오래된 도마 아래가 비밀 창고였다. 재미 삼아 모은 현금이 무려 3억여 원. 며느리도 모르는 돈이다. 하지만 최근 들어 아내와 불화가 잦았다. 아내가 알면 고스란히 뺏길 일. 결국 동영상을 넘기는 수밖에 없었다.

"으아, 그것도 한 편의 드라마였군요."

이야기를 들은 일범이 감탄을 했다.

"죄송해요. 변호사님이 놀고 있을 거라는 생각은 안 했지만 걱정이 되어서… 게다가 전과(?)도 있으시잖아요?"

사무장이 말하는 전과는 영계 수임을 받을 때였다. 졸지에 의식을 잃게 되어 모든 사람을 걱정의 나락으로 떨어뜨렸던 창규.

"아무튼 미안해요. 어쩔 수 없는 일이었으니까 이해해 주세요."

"그럼 당연히 이해해야지 어쩌겠어요? 대한민국 최고의 율사들이 포진한 법정을 들었다 놓고 나온 분이신데."

"하핫, 그거야 사무장님과 권 변의 어시스트가 좋았기 때문이고."

"진짜요?"

사무장이 물었다.

"그럼요. 단초가 바로 사무장님 메모였거든요. 이 사건에 얽힌 인물들의 위치도… 거기서 영감을 받았다고요."

"도움이 되었다니 고맙네요. 저도 밥값은 한 거 같아서."

"밥값뿐입니까?"

"아무튼 어떻게 될 거 같아요?"

사무장, 그새 짜증 모드에서 호기심 모드로 변해 있었다.

"검찰이 고민 좀 하겠지요. 그들 입장에서는 똥 밟은 셈이니 그 똥을 안 닦을 수도 없을 테고."

"그럼 변호사님이 똥?"

"똥이 어때서요? 똥은 새로운 시작을 돕는 유익 물질 아닌 가요? 썩어서 거름이 되고 식물의 자양분이 되니까."

"하여간 못 당한다니까요."

사무장은 애정 어린 몸서리를 쳤다.

쫄쫄 굶다가 먹어치운 냉면 한 그릇. 정말 맛이 좋았다. 시원한 육수를 따라 허기와 긴장이 다 내려가는 기분이었다.

'냉면처럼 시원하게 풀리길.'

최선을 다한 창규, 결과를 낙관했다.

그날 저녁, 창규는 퇴근 직전에 두 사람의 내방을 받았다. 미혜를 앞세워 들어온 두 사람이 명함을 꺼내놓았다.

K−전자 미래전략실장.

명함을 본 창규가 소스라쳤다. K−전자라면 대한민국 세 손가락 안에 드는 글로벌 기업. 그곳의 전략실장이라면 그룹 부회장급이었다.

"잠깐 말씀 좀 나눌 수 있을까요?"

두 사람의 눈빛은 비장했다. 별수 없이 미혜를 물리고 회의실에 마주 앉았다.

"시간 내주셔서 감사합니다."

실장이 정중하게 예의를 갖추었다.

"별말씀을. 일부러 찾아오셨을 텐데요. 그런데 어떤 일로 오셨는지……."

"낮에 있었던 공판 소식을 들었습니다."

"예……."

창규가 고개를 끄덕거렸다. 대략 짚이는 게 있는 까닭이었다.

"그래서 말씀인데… 저희 회장님 변론에 좀 참여해 주시지 않겠습니까?"

"예?"

"회장님께서 구치소로 돌아가시면서 하신 말씀인데 강 변호사님 좀 알아보라는 특명이……."

"하지만 저는 이미 조일산 회장님 변론인을……."

"저희가 검찰 쪽 소식을 들었는데 조일산 회장님은 아마 기소 유지가 어려울 것으로……."

"……."

"우리 법무진의 자체 판단도 비슷합니다. 오늘 강 변호사님의 팩트 변론이 워낙 치명타였습니다."

"아닙니다. 말씀은 고맙지만 아직 결정되지 않은 일. 변호사라면 저보다 쟁쟁한 분들이 널렸으니 그분들을 모시기 바랍니다."

창규는 고사의 뜻을 분명히 했다. K—전자라면 수억대의 수임료는 보장될 일. 하지만 변론이 종결되지 않은 상황에서 공소가 연결된 사건을 넘본다는 건 바람직하지 않다는 판단이었다.

게다가 몇몇 재벌사들은 과거에도 정치헌금이나 뇌물 문제로 도마에 올랐던 회사들. 그런 경우까지 힘이 되고 싶은 마음은 털끝만큼도 없었다.

"한 번 더 생각해 보시면 안 되겠습니까? 저희 회장님이 강변호사님에게 꽂힌 모양이던데……."

"죄송합니다. 제가 다음 상담이 예정되어 있어서……."

인사와 함께 창규가 일어섰다. 두 손님은 한숨을 쉬며 돌아갔다.

그리고 다음 날, 로또 1등 당첨보다 더 반가운 소식이 날아들었다. 조일산의 '기소유예' 처분이었다.

기소유예!

말 그대로 검사가 공소를 제기하지 않겠다는 처분이다. 검찰은 현실적인 선택을 했다. 공소장의 내용을 바꾸게 되면 공소 자체의 유지가 어려워진다.

거기에 초등학교 때의 글짓기가 나오면서 50억대 기부에 당위성이 부여되었다.

마지막으로 창규가 제공한 동영상. 그 녹음을 살려보니 어쩔 도리가 없었다. 녹음으로 창규의 주장이 모두 입증된 까닭이었다. 그렇기에 새롭게 공소 제기를 하지 않고 기소유예 쪽으로 가닥을 잡았다.

원래 기소유예의 목적은 이런 쪽이 아니었다. 법 정신으로 보자면 범행이나 범죄인의 성행 등 제반 사항을 참작하여 재판에 회부 없이 개전의 기회를 주자는 배려.

아무튼 기소유예가 떨어지면 검사는 처분일로부터 7일 이내에 서면으로 통보를 해야 한다. 이때 사건을 다투는 고소 고발인이 있다면 고등검찰청이나 검찰총장에게 항고 혹은 재항고를 할 수 있다. 다만 이러한 신청은 형법 123조와 125조에 해당되는 경우만 가능하다. 두 법 조항은 모두 공무원 관련으로써 대표적으로는 공무원의 직권남용, 공무원의 폭행 등이 해당된다.

"조일산……."

전화를 걸어온 사람은 공판 검사였다. 수사 검사와 합의를 끝낸 모양이었다. 그의 첫마디는 딱딱했지만 뒷말은 그렇지 않았다.

—기소유예로 변경될 거요.

"아, 예……."

—그리고…….

"······."

—동영상 제공··· 수사 검사가 인사를 전합디다. 고맙다고······.

딸깍!

통화가 끝났다. 창규는 수화기를 든 채 한동안 움직이지 않았다.

"변호사님!"

사무장이 다가와 물었다. 그 뒤로 일범과 상길, 미혜도 줄을 섰다. 그들은 숨도 제대로 쉬지 못했다.

"조일산 회장님······."

창규가 떨리는 목소리로 뒷말을 이었다.

"기소유예 처분되었답니다."

"기소유예요?"

일범이 먼저 소리쳤다.

"으악, 그럼 일단 석방이잖아요?"

상길도 고래고래 악을 쓰고······.

"변호사니임······."

미혜는 오돌거리며 눈물을 삼키느라 바빴다.

"사무장님, 저녁 예약해 두세요. 그때 그 집, 아시죠?"

창규가 핸드폰을 챙기며 소리쳤다.

"어디 가시게요?"

"조일산 회장님께요. 아마 곧 석방될 겁니다."

"제가 모시겠습니다."

눈치 빠른 상길이 먼저 키를 들고 나섰다. 차에 오르기 무섭게 창규 전화가 울렸다. 삼광리얼의 길봉조 부회장이었다.

─강 변호사님!

"예, 접니다."

─방금 검찰 쪽에서 연락받았습니다. 고맙습니다. 정말 수고하셨어요.

"아닙니다. 저 지금 구치소로 가는 길인데 오실 겁니까?"

"당연하죠. 저도 지금 막 자가용에 타고 있는 중입니다."

길봉조의 감격이 치받는 즈음에 통화 중 신호가 들어왔다. 이번에는 민선욱이었다.

"부회장님, 그럼 구치소에서 뵙죠. 여보세요."

창규가 대기 중인 전화를 받았다.

─어이쿠, 강 변호사님.

"민 박사님."

─대단합니다. 이렇게 간단하게 끝낼 줄 상상도 못 했어요.

"별말씀을……."

─이거 금맥인 줄 알았더니 다이아맥이로군요. 진짜 수고했어요.

"박사님이 믿어주신 덕분에 잘 해결된 것 같습니다."

—나 지금 소식 듣고 구치소로 가는 중입니다. 조일산 회장에게 소개비 단단하게 챙겨야겠어요.

민선욱은 흥분된 목소리로 전화를 끊었다.

"변호사님."

운전하던 상길이 돌아보았다.

"응?"

상길은 말 대신 엄지를 세워주었다. 그의 시선은 감격으로 가득 차 있었다.

*　　　*　　　*

끼익!

구치소 문이 열렸다. 그 문 사이로 조일산이 걸어 나왔다.

"회장님!"

길봉조가 고개를 숙였다. 삼광리얼에서 나온 사람은 딱 셋이었다. 조일산의 엄명이었다. 공연히 임원진들 끌고 나와 세간의 이목을 받지 말라는 뜻이었다.

"여기 두부⋯⋯."

길봉조가 두부를 내밀었다.

"그건 됐네."

조일산은 두부를 사양했다.

"회장님……."

"두부는 죄를 지은 사람이 다시 여기 오지 말라고 먹는 거
아닌가? 나는 죄를 지었던 게 아니니 두부는 필요 없네."

"……."

"민 박사님, 강 변호사님."

조일산이 창규와 민선욱 앞으로 다가섰다.

"고맙습니다."

그는 마음을 다해 고개를 숙였다.

"나야 뭐 한 게 있나? 인사는 여기 강 변호사에게 치르시
게."

"당연히 그래야지요. 내 평생의 은인이십니다."

조일산이 한 번 더 고개를 숙였다.

"은인이라뇨? 당치 않습니다. 변호사로서의 책임을 다했을
뿐."

"아닙니다. 강 변호사님이 아니었으면 꼼짝없이 실형을 살
아야 했을 겁니다. 전임 변호사도 각오를 하고 시작하자고 했
거든요."

"그건 그냥 하신 말씀일 테고… 그분도 결국에는 단서를 찾
아내셨을 겁니다."

"인품까지 좋으시군요. 이러니 우리 민 박사님이 반하실 수
밖에……."

"칭찬받을 정도는 아닙니다."

"아무튼 이제 숙제를 해결해야죠?"

조일산이 창규를 바라보았다.

"수임료 말입니다. 저희 길 부회장이 배달했던……."

"아, 예… 그건 천천히 계산하셔도……."

"아닙니다. 사람이란 화장실 갈 때와 나올 때가 다른 법이거든요. 지금 여기서 계산하는 게 좋을 거 같습니다."

"……."

"사람들 눈이 있으니 잠시 제 차로 가시죠. 잠시 실례하겠습니다. 민 박사님."

조일산은 민선욱에게 양해를 구하고 자기 차로 걸었다.

수표…….

백지수표.

그게 창규 앞에 다시 등장했다.

"정말이지 쓰고 싶은 대로 쓰십시오. 제가 감당할 수 없으면 대출을 받고 집을 팔아서라도 채워 드릴 겁니다."

조일산이 온화한 표정을 지었다.

"……."

창규는 고민했다. 난생처음 받아 든 백지수표. 분위기를 봐서는 수십억을 써도 될 것 같았다. 머릿속에 동그라미를 그려보았다.

10,000,000원?

조금 약하고.

100,000,000원?

으음······.

300,000,000원?

그냥 질러?

아니지··· 난생처음 받은 백지수표인데 그냥 콱······.

5,000,000,000원?

창규의 마음은 백지수표 위에서 신나게 춤을 추고 있었다.

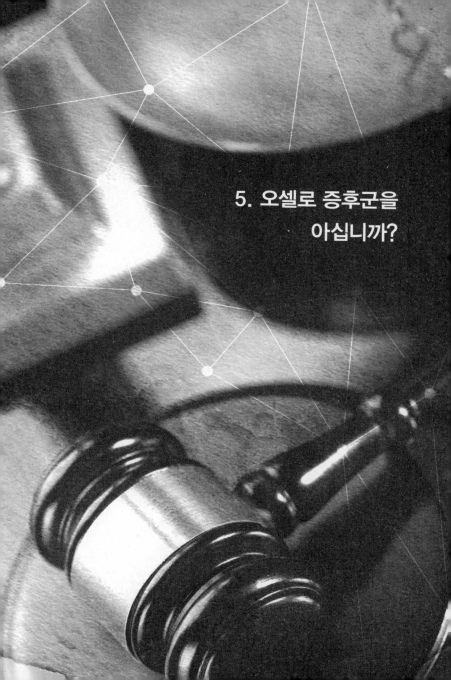

5. 오셀로 증후군을
아십니까?

〈검찰 마구잡이 기소로 망신살〉

〈올림픽 지원금 관련 총리 뇌물사건 수사에 일대 궤도 수정 발생〉

〈초짜 변호사, 검찰의 구멍 뚫린 공소장에 일격〉

〈검찰 싸잡이 수사 관행에 일대 경종〉

〈검찰, 나머지 대기업에 대한 뇌물 입증은 확신〉

다음 날 방송과 인터넷, 신문이 들끓었다. 창규는 다시 한 번 검색어에 등극을 했다. 이번에는 1등이었다. 더불어 스타노

모의 홈페이지도 다운되었다. 전화 역시 핫라인을 제외하고는 다 내려놓은 상태. 사무실의 불은 켜져 있지만 안은 빈 상태였다.

어젯밤 창규네는 수제 맥주집에서 달렸다. 하지만 오버하지는 않았다.

11시가 될 즈음에 각자 안전 귀가를 했던 것. 여기서 사무장이 핵심을 찔러왔다.

"내일은 임시 사무실에서 업무 보는 게 어때요?"

사무장은 내일을 예측하고 있었다. 정치적 파장이 큰 사건에 뛰어들어 한 건을 올린 창규.

검찰이 원점에서 수사를 해야 할 판이니 기자들이 그냥 넘어갈 리 없었다.

창규네가 옮긴 자리는 빈 오피스였다. 개업 변호사가 폐업하면서 고스란히 빈 곳. 분위기 또한 비슷했으니 최고의 대안이었다.

창규는 거기서 구자룡 구치소장과 아내 여선주의 자료를 모았다. 이제 들뜬 마음은 내려놓고 혼귀들의 의뢰에 임할 시간이었다.

아, 다들 궁금해하실 백지수표…….

창규가 써넣은 금액은 5억이었다. 10억을 써도 무방했겠지만 지나친 욕심은 내지 않았다. 대신 1억은 심장병 어린이 수술에 쾌척을 했다.

민선욱과 이재명을 거쳐 그 소식을 들은 조일산 회장. 기꺼이 1억을 더 내놓았다. 창규는 다시 여섯 명의 목숨을 살린 셈이었다.

그것 외에도 얻은 게 있었다.

강창규, 이재명, 한윤기, 조일산, 민선욱.

이 다섯 명이 모임을 만든 것이다. 이름은 다섯 명의 '오'와 홍어의 '홍'자를 따서 오홍회라고 지었다. 작명은 민선욱이 맡았고 모두가 찬성을 했다.

구치소장 건 다음에 예약한 건 어린이 교통사고 후유증 건이었다.

원래는 공대 교수의 여제자 성폭행 사건을 수임할 예정이었지만 그새를 참지 못한 교수가 다른 변호사를 선임하면서 차례가 바뀌었다.

창규는 차라리 잘된 것으로 생각했다. 그렇잖아도 혼귀들의 수임이 전부 남녀 관계.

이번에 수행해야할 구치소장 역시 그 선상이었다. 그러니 조금 색다른 소송을 맡는 게 경험에도 도움이 된다고 본 것이다.

'어디 보자……'

오전 내내 쌓인 자료를 집어 들었다. 잘생긴 구자룡 소장과 소박한 여선주.

한 쌍의 그림이다. 문제는 혼귀들의 오더라는 것. 그러니 이 화목한 미소 역시 쇼윈도 부부의 위선에 불과하다는 것 아닌가?

'구 소장님······.'

가만히 지난날을 떠올렸다.

집사 변호사 시절의 구자룡. 창규를 벌레 보듯 했었다. 그래도 수치심은 느꼈으되 억하심정은 갖지 않았다. 창규가 구치소장이라도 당연한 일이었다. 하지만 이제 입장이 바뀌었다.

어쩌면 구치소장이 창규 앞에 벌레가 될 수도 있었다. 구자룡과 여선주, 둘 중 구자룡 하나가 가식이라면.

'그러게 가식은 영원할 수 없다니까요.'

기본 자료를 머리에 담은 창규가 일어섰다. 이제 혼귀국의 의뢰를 집행할 차례였다.

"안녕하세요?"

창규가 인사를 했다. 구치소였다. 창규는 들고 간 박카스 한 병을 건네주었다. 김영란법 때문에 음료 한 박스도 사지 못하기 때문이었다.

"웬일이시오? 또 재소자 접견입니까?"

"아닙니다. 인사나 좀 드릴까 하고요."

"인사? 대박 수임으로 뜨신 분이 나 같은 한직에게 무슨……"

구치소장이 소파에 앉았다. 창규에게도 자리를 권했다.

"대박 수임은요, 어쩌다 보니 운이 좋았던 거지요."

"아무튼 깜짝 놀랐습니다. 내가 아는 강 변호사는……"

찌질이지.

눈치를 깐 창규가 피식 웃었다.

"그나저나 수임료는 얼마나 받은 겁니까? 굉장한 건이니 한 장?"

"아는 분 소개라 돈보다 인맥 때문에 나선 겁니다."

"에이, 그러지 마시고… 우리가 알고 보면 굉장한 인연 아닙니까?"

구치소장이 몸을 내밀었다.

"그렇지요."

"5천? 2억?"

그러면서 캐묻는다. 그러고 보니 집착이 보통이 아니다.

"음료수 드시죠."

"음료수?"

소장의 시선이 박카스에 닿았다.

"이런 건 안 마십니다."

슬쩍 밀어내는 구자룡.

"너무 싼 걸 사왔나요? 마음은 좋은 걸 사오고 싶은데 김영 란법 때문에……."

"변호사하시다 보니 잘 모르시나 본데 사실 음료수로 벌어 지는 범죄가 한두 건이 아니거든요. 그거 아시면 음료수 함부 로 못 권할 겁니다."

"범죄요?"

"지금 들어온 사람들 중에도 수면제나 마취제 탄 음료수로 강도, 강간하다 걸린 인간들이 여럿 있습니다. 고속버스나 기 차 같은 데서도 한 병 권하고 잠들면 지갑이랑 핸드폰 들고 튀지요."

"아, 예……."

"그뿐입니까? 모르는 사람 자가용 얻어 탔을 때 껌이나 음 료수나 사탕 같은 거 받아먹으면 자칫 골로 가는 수가 있습니 다. 마취제 바른 거라 정신 잃으면 성폭행도 당하고 두고두고 돈 뜯기고……."

"이건 제가 마셔야겠군요."

창규가 박카스를 열었다. 그런 다음 두 모금으로 나누어 마 셔버렸다.

괜한 구설의 제거였다. 구자룡은 어깨를 으쓱해 보였다. 그 사이에 창규는 그를 털기 시작했다.

나름 까탈스러운 인간. 주로 뭘 먹을까?

"……!"

식용, 약용, 음용에 이르면서 창규가 눈빛을 구겼다. 입맛 까다로운 사람이었다. 생선은 오직 갈치, 밥도 오직 흰쌀, 김치도 잘 숙성된 것, 부침개는 온리 녹두전……

약도 비슷했다. 그 흔한 감기약도 한약이었다. 진통제도 한약이고, 영양제도 보약… 이 까탈스러운 취향은 음용에 있어서도 빗나가지 않았다.

'마누라가 힘들겠군.'

대충 짚어두고 특용으로 넘어갔다. 거기서 창규의 눈빛이 한 번 더 멈추었다.

[타액]

[애액]

많았다. 40 중반의 중년 남성치고는 선수급이었다. 거의 날마다 섹스를 하고 있는 것이다. 다행히 타액과 애액은 아내의 것뿐이었다.

'진짜 좋아하는 모양이네?'

창규가 고개를 끄덕였다. 두 사람은 부부다. 아무리 사이가 좋아도 날마다 관계를 하는 사람은 드물다. 혈기왕성한 신혼을 지나면 더욱 그렇다.

창규는 언젠가 들었던 40대 선배들의 자조를 떠올렸다.

"아니, 넌 아직도 마누라랑 섹스를 하냐?"

"야, 식구끼리 무슨 섹스야?"

"우린 한 달에 한 번도 바쁘다. 저녁이면 피곤하지 아침에 하려면 서로 입 냄새 나지……."

"남의 여자라면 또 모를까……."

선배들의 입담은 질퍽했다. 공통점은 하나였다. 와이프와의 섹스 열기가 다 식었다는 것. 와이프가 샤워하는 소리를 들으면 소름이 끼친다는 것. 침대에서 마누라가 바짝 붙어오면 머리카락이 삐쭉 선다는 것.

물론 일부 과장이 있을 일이었다. 하지만 남자들의 과장은 대개 그 반대편에서 많이 형성된다.

정력이 세다는 걸 자랑하면 했지 정력이 약하다는 걸 자랑하지는 않는 것이다.

그런데!

구자룡은 달랐다. 그가 말한 와이프 없이는 못 산다는 말. 사안이 이 정도면 진실에 해당되는 말이었다.

알고 보니 변강쇠?

아재 개그가 떠올랐다. 그렇다면 구자룡은 선천성 발기불능의 송규태 감독과 반대였다. 선천성 무한 발기인 것이다. 인생

이라는 게 이렇다. 누구는 없어서 난리고 누구는 넘쳐서 난리
인 것.

'응?'

작은 파일들을 밀어내던 창규 눈에 신선한 게 하나 걸렸다.

[눈물]

눈물 파일이었다. 특이하게도 눈물을 먹은 적이 있었다. 그
것도 꽤 여러 번.

'이게 정력의 비결?'

괜한 호기심에 파일을 열었다. 순간, 창규는 그대로 얼어붙
고 말았다.

눈물.

그 주인은 자기 자신이었다. 타인의 것은 여선주의 눈물. 눈
물까지 공유하는 부부? 궁금한 마음에 리딩 속도를 올렸다.

첫 번째 눈물은 신혼 초였다. 그들의 작은 보금자리 22평
아파트.

그 거실에서 구자룡은 처음으로 자기 눈물을 먹었다. 물론
그 이전의 어린 시절에도 심하게 울던 날 눈물이 입으로 들어
간 적은 있었다. 하지만 이때부터 본격적으로 눈물 흡입이 시
작된 것이다.

"여보……."

거실의 구자룡은 무릎을 꿇은 자세였다. 와이프, 여선자는 서 있었다. 구자룡이 싹싹 빌고 있다. 눈에는 폭포 같은 눈물을 흘리며.

"한 번만, 한 번만 봐줘. 다시는 안 그럴게."

구자룡의 손바닥에는 불이 나지만 여선자는 기가 막히다는 표정을 지을 뿐 한마디도 하지 못했다.

"미안해. 내가 당신 사랑해서 그래. 내 마음 알잖아?"

"……."

"다시는, 다시는 안 그럴게. 내 오해였어."

여선자는 구자룡을 노려보고는 자기 방으로 들어갔다.

탕!

문은 부서질 듯 거칠게 닫혔다.

다음 파일을 열었다. 비슷한 장면이 나왔다. 이번에는 침실이었다.

여선주는 슬립만 입은 채 헝클어진 머리로 울고 있고 구자룡은 그 아래에서 빌고 있다. 이번에도 구자룡의 눈물은 펑펑이었다.

다음으로 넘어갔다. 소파 앞이었다. 속옷만 입은 채 주저앉은 여선주 앞에서 다시 두 손을 모아 빌고 있는 구자룡. 이번에는 각서까지 쓰고 있다.

무슨 일일까?

리딩 몇 개를 더 합치고서야 알았다. 구자룡. 말로만 듣던 의처증의 일종이었다.

의처증!

의학 적용어로 말하면 오셀로 증후군, 부정 망상이다. 대통령과 홍태리가 거쳐간 이혼 사유와 같다. 민법 제 840조 6항 해당이다.

구자룡은 와이프에 대한 집착이 강했다. 누구든 수컷들의 접근을 달가워하지 않았다.

심지어 개라도 마찬가지였다. 이들의 신혼 초는 10년하고도 몇 년이 더 붙는 긴 시간. 옛날에는 우유배달부나 신문총무가 수금을 오기도 했다. 혹시 그들에게 친절한 미소라도 지으면 천지가 개벽을 했다.

"누구야?"

시작은 늘 그랬다.

모르는 사이? 내가 볼 때는 아닌 거 같은데?

모르는 사람에게 왜 그렇게 친절해?

말해봐. 다 용서해 줄게.

둘이 아는 사이지? 나 몰래 만났지?

여기까지는 그나마 참을 만했다. 끝까지 부정하면 목소리가 높아졌다. 그러다 오해라는 게 밝혀지면 다짜고짜 오열을 했다.

"내가 죽일 놈이야. 내가 당신을 너무 사랑해서……."

올려보는 눈에는 눈물이 흥건했다.

"다시는 안 그럴게. 한 번만 더 그러면 내가 당신 자식이야."

맹세의 각서는 수백 장으로 쌓여갔다.

의심, 추궁, 언어폭력, 자책, 오열, 사과, 애정 공세로 무마.

구자룡의 루틴이었다.

'허얼!'

리딩을 멈췄다. 뒷골이 뻐근하게 당겼다. 이 정도라면 이혼을 했어도 골백번 했어야 할 부부였다. 그런데도 부부는 잉꼬부부로 알려졌다.

여선주.

숨겨진 사정이 있는 걸까?

아니면 팔자려니 하고 만족하는 걸까?

일단 두 사람의 만남을 체크했다. 이 리딩에서 집착과 소유욕의 이해를 얻었다.

남다른 구자룡의 소유욕과 집착. 그건 여선주의 미모 때문이었다.

여선주는 귀여웠다. 작고 아담한 여자. 그녀가 생글거리면 많은 남자들이 쓰러졌다.

대학 때도 그랬다. 그녀는 축제 때 오월의 여왕 최종전까지 진출했고 따라다니는 남자도 많았다. 그 난적들을 물리치고 여선주를 쟁취한 구자룡이었다. 실제로 처음 보는 남자들이 쫓아오는 경우도 많았다. 골키퍼 있으면 골 안 들어가냐고 도전을 선언한 경쟁자도 있었다.

그렇기에 구자룡은 늘 불안했다. 그래서 직장 생활도 막았다. 그래서 집 안에만 붙들어두었다. 누가 채갈까 봐 아내를 꼭꼭 숨겨두고 싶은 구자룡이었다. 어딘가 비밀스러운 곳에 가둬두고 자신만 보고 싶은 구자룡. 할 수 있다면 정조대라도 채울 기세였다.

'아무리 그래도 그렇지……'

쓴 입맛을 다시며 마지막 확인에 돌입했다.

[최근 눈물]

의처증… 어쩌면 치료를 했을 수도 있었다. 혼귀들의 수입을 깜박 잊고 치료가 되었으면 하는 기대를 가지는 창규였다.

"……!"

리딩이 보여준 건 그제였다. 그제도 눈물을 먹었다. 발단은 커피 전문점이었다.

그러니까 지난 주말, 한바탕 의심의 폭풍을 몰아친 게 미안해 쇼핑을 데려갔던 구자룡. 옷을 산 뒤 와이프가 좋아하는 핸드 드립 커피를 마시러 갔었다. 그때 중후한 바리스타가 나왔다.

"어떠세요?"

턱수염을 기른 50대 초반의 주인. 여선주에게 친절했다. 물론, 구자룡에게도 다르지 않았다.

"맛있어요. 향이 깊고요. 너무 좋은데요?"

"어제 오전에 로스팅한 겁니다. 프레시한 맛이 잔향으로 느껴질 겁니다."

"고맙습니다."

"모레가 로스팅하는 날이니 또 오세요. 최고의 신선함을 맛보여 드리겠습니다."

바리스타는 인사를 하고 물러갔다. 커피를 마시던 여선주의 시선이 구자룡에게 닿았다.

여선주는 아차 싶었다. 남편의 굳은 얼굴을 본 것이다. 아니나 다를까? 구자룡은 커피를 둔 채 나가 버렸다. 차 안에서 역시 한마디도 하지 않았다. 그리고, 집에 도착하기 무섭게 여선주를 닦아세웠다.

"당신, 그 커피집 처음 아니지?"

"예?"

"바른대로 말해. 그 자식이랑 아는 사이잖아?"

"여보, 또 시작이에요?"

"시치미 떼지 마. 내가 그놈 눈빛 봤거든. 아주 그윽하더군."

"제발 그만해요. 당신이 선택한 집이잖아요?"

"닥쳐. 누굴 속이려고 그래. 한 블록 더 가면 커피집 많다고 한 건 당신이었어. 둘이 무슨 관계야?"

"여보……."

"흥, 커피를 빙자해서 만나면 내가 속을 줄 알고? 둘이 잤어?"

"여보!"

"얼렁뚱땅 넘어갈 생각 마. 모레 데이트하자는 암호지? 핸드폰 이리 내놔봐."

"핸드폰은 엊그제도 뒤졌잖아요?"

"그거야 누가 알아? 번호 외워서 통화하고 지워 버리는지. 떳떳하면 내놓으란 말이야."

"그래요. 어쩐지 인심을 쓰더라니… 여기 있어요. 핸드폰 뒤져보고. 옷도 벗어야겠죠? 그 남자의 흔적이 있는지 없는지?"

여선주가 겉옷을 벗어 내렸다.

"왜 이래?"

"뭐가요? 당신 수순이잖아요? 옷 벗기고 허벅지 냄새도 맡아야죠. 혹시 내 속옷에 표시는 안 해뒀어요? 그다음에는 울겠죠? 엉엉 울면서 사과하고… 며칠 지나면 또 그러고……."

항변하는 여선주의 볼에 눈물이 흘러내렸다.

"여보… 미안해. 그 자식 눈빛이 너무 음흉해 보이는 바람에 그만……."

"그만해요. 이제 그런 소리 듣는 것도 지긋지긋해요."

"내가 잘못했어. 이렇게 빌게. 커피 마시고 싶으면 나가자고. 다른 데로 가면 되잖아? 여자 바리스타가 커피 내리는 집으로."

"됐어요. 당신이나 실컷 마셔요!"

쾅!

거친 문소리와 함께 여선주가 방으로 사라졌다. 구자룡은 바로 눈물을 그쳤다. 그런 다음 와이프의 가방을 뒤지기 시작했다. 핸드폰도 열었다. 구자룡의 잦은 의심에 비밀번호도 공유하는 여선주였다. 원하는 증거가 나오지 않자 구자룡은 히죽 미소를 머금었다. 혀로 뺨에서 내려오는 눈물을 핥으면서……

윽!

창규가 미간을 찡그렸다. 역겹다. 오바이트가 쏠리는 걸 간신히 참았다. 그다음부터는 애정 공세였다. 자신이 식사 준비를 하고 식탁에 꽃까지 꽂았다. 여선주가 좋아하는 음악을 틀고 방으로 향했다.

"여보, 미안해. 내가 저녁 준비했어."

구자룡은 애정이 넘치는 목소리로 문을 열었다. 구자룡의 아파트 방들은 잠금장치가 없었다. 여선주가 방문을 걸어 잠

그는 일이 잦자 다 없애 버린 것이다.

"여보오."

구자룡은 울먹이는 여선주에게 코맹맹이 소리를 내며 애정 공세를 펼쳤다.

"미안해. 내가 당신 사랑하니까 그런 거잖아? 내 마음 알지?"

"……."

"대신 오늘은 내가 설거지까지 풀코스로 책임질게. 응? 그리고 다음 달에 코타키나발루 여행 가자. 당신, 거기 하얀 모스크와 탄중아루가 멋지다고 했잖아?"

은근슬쩍 여선주에게 스킨십을 시도하는 구자룡. 그녀가 뿌리치지만 집요하게 몸을 파고들었다.

"나 이렇게 빌게. 나 당신밖에 없는 거 몰라?"

결국 여선주를 뒤에서 끌어안는 데 성공한 구자룡. 그녀를 눕히고 화해 공세를 펼쳤다.

구자룡은 와이프의 속옷을 벗겼다. 그런 다음 애무를 시작했다. 여선주는 눈물을 머금은 채 입술을 깨물었다. 의처증만 없으면 너무 자상하고 친절한 남편. 아버지와 오빠가 죽으면서 갈 곳도 없는 몸이기에 또 다시 구자룡의 화해를 받아들이는 여선주였다.

'이건 아예 성폭행 수준이군.'

분노를 참으며 명예 카테고리를 점검했다.

[칭송]
[부러움]
[선의의 질투]

앞쪽의 폴더들은 모두 이들 부부에 대한 칭송이었다. 사실은 의처증으로 불타오르는 집착꾼이지만 남들 앞에서는 철저하게 부부 애정을 과시한 것. 하지만 구자룡은 식귀2의 눈을 피할 수 없었다. 그 아래쪽에 위치한 폴더였다.

[원망]

여선주에게 나온 것이었다. 절규와 오열, 하소연과 애절함이 뒤섞인 폴더는 다양한 순간의 의처증으로 도배가 되어 있었다.

퍼펙트 쇼윈도 부부.

분노가 치밀 때 리딩이 끊겼다. 구 소장의 부하 간부가 들어온 것이다.

"소장님."

간부가 소장에게 귀엣말을 전했다.

"뭐야?"

이야기를 들은 소장이 핏대를 올리며 소리쳤다.

"그놈 말이야? 의처증으로 마누라 찌르고 재판 기다리는 놈?"

"예, 자기 마누라 데려오라고 난동을……."

"이런 미친… 쌍방울 달고 할 짓이 없어서 의처증이나 하는 주제에."

소장이 자리를 털고 일어섰다.

"저기……."

"아, 미안, 다음에 봐야겠소. 일이 좀 생겨서……."

소장이 문을 가리켰다. 나가달라는 뜻. 나중에 알고 보니 수감자의 자해 소동이 있었다. 소장은 부리나케 현장으로 달려갔다.

"……!"

창규는 복도 앞에 한참을 서 있었다.

천의 얼굴.

그런 말이 있었다. 인간은 그 안에 여러 얼굴을 가지고 있다. 그렇기에 남에게 보여지는 게 다는 아니다. 하지만 이런 경우라니… 극에 달한 의처증과 극에 달한 소유욕, 집착……. 그 집착이 절정에 달해 여자를 소유물로 여기고 있었다. 오직 구자룡만 바라보아야 하는, 그 앞에서만 웃고, 그 앞에서만 옷을 벗고, 그 앞에서만 생글거려야 하는 소유물.

'어쨌든 여선주까지는 체크해야겠지?'

창규는 신중 모드를 취했다. 사실 여기까지만 본다면 여선주를 체크할 필요도 없었다. 혼귀왕들에게 찍힌 원인이 구자룡에게 있지 않으면 어디 있단 말인가?

하지만 부부다. 엉뚱한 복선이 있을 수도 있었다.

부릉!

창규가 차에 시동을 걸었다. 아까 마신 음료수가 괜히 메슥거리는 것 같았다.

구자룡의 집은 2층짜리 단독주택이었다. 몇 시간을 기다렸지만 그녀는 나오지 않았다. 소소한 외출도 없는 모양이었다.

어쩔까?

사무장이나 미혜를 불러 도움을 청할까 하던 창규. 그대로 직진하기로 마음먹었다.

딩동!

벨을 눌렀다. 반응이 없다.

딩동딩동!

한 번 더 눌렀다. 그래도 무반응.

어딜 나간 걸까?

딩동딩동!

다시 누르지만 대답 없는 인터폰.

'다시 와야겠군.'

별수 없이 발길을 돌릴 때였다. 인터폰에서 낮은 목소리가 흘러나왔다.

"누구세요?"

"아, 예… 강창규라고, 변호사입니다."

"변호사요?"

인터폰 안의 목소리가 변했다.

"여선주 씨 맞으시죠? 남편분이 구자룡이라고 구치소장님이시고?"

"예……"

"저는 교도소와 구치소 인권 문제를 조사하고 있습니다. 잠깐 말씀 좀 나눌 수 있을지……"

재빨리 둘러대는 창규.

"그런 문제라면 제가 드릴 말씀이 별로……"

"아닙니다. 지금 남편분 계신 구치소에서 오는 길인데 그 구치소가 전국 최고로 꼽히더군요."

"……"

"그래서 알아봤더니 관계자들이 소장님 철학과 통솔력을 원동력이라기에 사모님의 내조에 비결이 있나 몇 마디 여쭤보고 싶어서……"

"저는……"

"그저 소장님 일상에 대해 몇 마디면 됩니다. 안 될까요?"

"……."

"부탁합니다. 제가 법부무에서 겨우 맡은 일인데 잘 안 되면 짤리거든요."

창규는 읍소 작전으로 나갔다. 생거짓말은 아니었다. 불과 몇 달 전만 해도 그런 신세였던 건 사실이었다. 그 말이 먹히면서 문이 열렸다.

"안녕하세요?"

현관에 들어선 창규가 인사부터 챙겼다.

"들어오세요."

"제 명함입니다."

창규가 명함을 꺼내놓았다.

"어머, 강창규 변호사면……."

명함을 집어든 여선주 눈빛이 변했다. 창규를 아는 모양이었다.

"요즘 유명하신 분이잖아요? 대통령 이혼을 비롯해……."

"기억해 주셔서 감사합니다."

"그런 분이 무슨 짤린다는 말씀을……."

"한두 건 주목을 끈 건 사실이지만 전관예우급 변호사에 비하면 파리 목숨입니다."

창규는 겸손한 설명으로 예봉을 피했다.

잠시 후에 커피가 나왔다. 여선주가 직접 내린 커피였다. 잠간 보는 것이지만 그녀가 커피 내리는 모습은 아주 능숙해 보였다. 거기 홀린 창규가 커피로 리딩을 해버렸다.

[커피]

그녀는 본래 커피를 좋아하지 않았다. 맨 처음 맛본 것은 엄마의 커피. 이혼하기 전의 엄마는 커피광이었다. 블랙 커피를 달고 살았다.

"에, 퉤!"

엄마 몰래 커피를 마신 여선주는 바로 뱉어버렸다. 그 후로도 커피는 입에 대지 않았다. 엄마 때문이었다. 자신들을 버리고 다른 남자에게 간 엄마. 그 엄마의 흔적은 죄다 싫었던 것이다.

여선주가 커피에 손이 닿은 건 결혼 후였다. 구자룡의 의처증이 시작되던 시기였다. 구자룡에게 들어온 커피 선물 세트가 있었다. 구자룡이 그녀의 외출을 싫어했기에 집에만 있던 여선주. 무료한 시간에 한 잔을 타서 마신 게 입에 맞았다. 엄마의 많은 걸 버렸지만 유전자까지는 버리지 못했던 것.

이후로 커피는 그녀의 친구가 되었다. 남편이 없는 동안, 남편에게 시달린 후, 혼자 있는 시간. 커피 공부를 하고 바리스타 자격증도 땄다. 물론 그 과정에서 남편에게 걸려 호된 의심을 받은 적도 있었다.

"그 핑계로 남자 만나는 건 아니지?"

"거기 강사 남자야, 여자야?"

"수강생 중에 남자 있어, 없어?"

다시 생각해도 몸서리쳐지는 질문들. 여선주의 커피에는 그런 사연이 녹아 있었다.

"맛이 좋네요."

창규가 그녀를 위로했다.

"고맙습니다."

대답하는 미소가 어색하다. 로봇처럼 굳어버린 미소였다. 몇 마디 말로 경계심을 누그러뜨리며 섭취물 리딩에 들어갔다. 그녀는 채식파였다. 게다가 소식주의자다. 어릴 때 이후로는 동물성 먹거리가 거의 없었다. 그러나 약을 달고 산다. 약용 카테고리는 신경안정제로 가득 차 있었다. 긴 시간은 아니지만 우울증 치료도 받았다.

[의처증]

분위기를 바꿔 검증 쪽으로 들어갔다. 많은 음식들이 의처증을 확인시켜 주었다. 아침 식탁에서도, 저녁 특식에서도, 심지어는 잠들기 전에 먹은 약에서도 딸려 나왔다. 회차를 보니 거의 3일에 한 번 꼴이었다.

'감옥.'

한 단어가 뇌리를 치고 갔다. 이 정도면 여선주에게는 구치소나 교도소에 다름없다. 그럼에도 불구하고 그녀는 잉꼬부부처럼 살고 있다.

왜?

그녀는 자존심도 없는 걸까?

아니면 부처님 성정?

그것도 아니면 피치 못할 사정?

창규는 당연히 그 근원을 파기 시작했다.

6. 화염병 테러

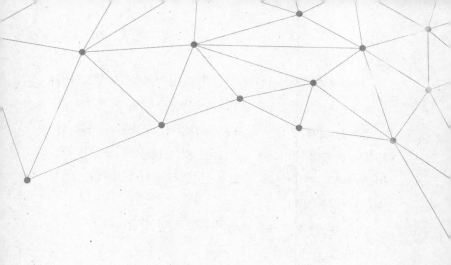

"······!"

창규의 시선은 여선주의 아버지와 오빠 폴더에서 멈췄다. 거기가 뿌리였다. 여선주가 이 집에 얽매여 버린, 구자룡이라는 족쇄에서 벗어나지 못하는······.

그 시작은 아버지였다. 여선주는 초등학교 선생을 하는 홀아버지 밑에서 다섯 살 많은 오빠와 둘이 자랐다. 그녀가 여덟 살 때 부모가 이혼을 했다. 엄마는 다른 학교 선생과 눈이 맞아 아버지와 가족을 버렸다. 어린 여선주는 맹세를 했다.

—나는 엄마처럼 이혼 같은 건 절대 안 해.

그 배경에 아버지 사건이 겹쳤다. 초등학교를 퇴직한 아버지, 사기 사업가의 꼬임에 꾀여 바지 사장을 하다 퇴직금과 집을 날렸다. 그때 구자룡의 도움을 받았다. 구자룡이 아는 선배 검사를 통해 사기꾼을 잡아들인 것. 시름으로 사위어가던 아버지에게는 큰 위안이 되었다. 돈은 거의 다 날렸지만 천금 같은 유언이 남았다.

─네 남편 은혜 잊으면 네 엄마만도 못한 사람이다.

엄마만도 못한 사람.

죽은 자의 당부는 때로 신앙의 교리처럼 남는 법. 여선주가 그랬다.

다음으로 오빠였다. 오빠는 양아치과였다. 홀아버지 밑에서 자라면서 온갖 말썽을 일으켰다. 걸핏하면 폭행을 일삼으며 아버지의 속을 끓였던 것.

그는 세 살 어린 처남 구자룡을 싫어했었다.

─얍삽한 새끼.

─잔머리 마왕.

오빠의 평은 그랬다. 어쩌다 만나게 되면 대놓고 면박을 주는 오빠였다. 흠 있는 남편이지만 여선주 입장에서 보면 그건 좀 심했다. 백수로 어슬렁거리는 오빠와 행정고시를 패스한 구자룡은 비교할 깜냥조차 아니기 때문이었다.

오빠는 결국 오토바이 타고 폭주하다 교통사고로 죽었다.

하필이면 음주 음전이었다. 하필이면 역주행을 한 거라 피해자 수습도 장난이 아니었다. 그 수습은 온전히 구자룡의 몫이었다. 구자룡은 성심껏 사고 뒤처리를 했다.

아버지와 오빠.

그 부담이 여선주의 발목을 잡았다. 더구나 이제는 천애고아가 된 여선주. 대학 졸업 직후에 결혼하는 통에 사회 경험도 없고 상의할 친인척도 없기에 이번만, 이번만 하면서 여기까지 왔다. 그러다 보니 시달림이 일상이 되어버린 것이다.

그 증거가 변호사 사무실이었다. 그녀는 딱 두 번 그곳을 돌았다. 하지만 사무실 문 앞에서 환청을 들었다. 이혼하고 싶은 마음에 아버지의 당부가 들렸다.

—남편 은혜 잊으면 네 엄마만도 못하다.

오빠의 일이 떠올랐다.

—남편이 아니었으면 누가 그 일을 수습했겠어.

참자.

의처증만 빼면 좋은 사람이야.

그녀는 결국 발길을 돌리고 말았다.

마지막으로 그녀의 이성 카테고리 체크. 남자가 나왔지만 구자룡을 만나기 전이었다. 그저 풋풋한 연애로 끝난 한두 번의 교제들. 문제될 게 없었다.

'후우!'

창규가 몰래 한숨을 쉬었다. 어쩌면 이렇게 꼬였을까? 신이 미리 알고 연출하는 삶이라면 정말이지 기구하다고밖에 할 수가 없었다.

"실은……."

이제 검증을 마친 창규, 커피 잔을 놓으며 목청을 가다듬었다. 본격 승부에 나서는 것이다.

"오늘 소장님 계신 구치소에서 사고가 있었습니다."

"사고요?"

여선주가 고개를 들었다.

"의처증 아내를 칼로 찌르고 잡혀온 재소자인데……."

"……!"

여선주의 눈빛이 자지러지는 게 보였다. 마치 자기 일처럼 반응하는 그녀. 창규는 교도소의 사건 뒤에다 의도하는 말을 이어 붙였다.

"많이 다치지는 않았고… 그런데 그 와이프가 공교롭게도 제게 이혼소송을 부탁하러 왔습니다."

"……."

"혹시 의처증에 대해 아십니까?"

창규가 시선을 겨누었다. 눈빛이 마주 친 여선주의 시선이 풀썩 무너졌다.

"저, 저… 잠깐만요."

여선주를 허둥지둥 일어나 주방으로 향했다. 거기서 이것저것 만지작거리며 마음을 달랜다. 단어 하나만으로도 충격이 되는 모양이었다.

"그분이 그래요. 자기 남편, 의처증만 아니면 그보다 좋은 사람이 없다고… 그래서 하루 이틀 참다 보니 어느새 18년이라고……."

18년.

그건 구자룡와 여선주의 결혼기간이었다.

"어떻게 생각하세요?"

창규는 계속, 혼잣말처럼 이어나갔다. 텅 빈 거실에 단 둘. 여선주가 듣지 못할 리 없었다.

"저는……."

"그분이 그래요. 사실 이혼할까 백 번도 더 생각했지만 그때마다 돌아가신 아버지 유언이 걸린다고……."

여기서 여선주 두 귀가 쫑긋 세워졌다.

"그분 아버지가 퇴직 후에 사기 사업에 말려 돈을 다 날렸는데 남편이 백방으로 알아봐서 수습을 해주었다네요. 그래서 한이 풀린 아버지가 죽으면서 남편 잘 따르라는 유언을……."

"……."

"거기에 오빠도 비슷한 과정을… 죽을 때 어이없는 오토바이 사고를 냈는데 그 뒷수습도 남편이……."

쿵!

여선주는 거기서 정신 줄을 놓고 말았다.

"죄송하지만 돌아가 주시겠어요?"

잠시 후에 정신 줄이 돌아온 여선주가 문을 가리켰다.

"사모님."

"그게 좋겠어요. 저희 남편에 대해 필요한 게 있으면 구치소 가서 여쭤보세요."

여선주가 문으로 걸었다. 문을 열어놓았다. 그녀의 손이 바깥을 가리켰다. 그대로 쫓겨날 수밖에 없었다. 탐색전 실패.

창규는 현실을 미화하지 않았다.

―의처증 남편과 이혼하고 싶죠? 이혼소송 제기하세요. 제가 물심양면으로 도와드리겠습니다.

―네, 고마워요.

넙죽 받아들이지는 않더라도 위의 시나리오로 흘러가길 바랐던 창규. 단칼에 짤린 마음을 달래며 저택을 바라보았다. 여선주, 그녀는 저 감옥에 익숙해진 것일까?

하지만 창규는 그녀를 놓아둘 수 없었다. 세상의 부부들이 어떻게 살든 상관은 없지만 혼귀왕이 찍은 수임을 수행하지 못하면 목숨이 날아갈 일.

사무실로 돌아온 창규는 늦은 밤까지 구자룡와 여선주 자료를 뒤졌다. 구자룡의 의처증은 확인, 그러나 그걸 감수하고 마는 여선주. 그렇기에 뭔가 다른 각도의 돌파구가 필요했다.

상황으로 보아 구자룡은 이혼 불가를 외칠 게 뻔한 일이었다. 결국 이혼 청구자는 여선주가 되어야 하는데 답이 보이지 않았다.

시계를 보았다. 그새 11시를 넘었다. 승하에게는 또 거짓말쟁이 아빠가 되었다. 일찍 간다고 하고는 이렇게 되어버린 것이다. 그나마 빵점은 면했다. 피자가 먹고 싶다기에 한 판 배달해 줬던 것.

'어머니……'

자리를 털고 일어서는 백자 항아리가 눈에 들어왔다. 문득 그런 생각이 들었다. 어머니와 아버지의 결혼 생활은 어땠을까? 창규가 상상하는 것처럼 무난했을까? 아니면 그분들도 트러블이 있었을까? 시선이 새로 얻어온 백자로 넘어갔다. 아버지 자리에 세워진 백자 항아리…….

아버지!

그분에 대해서는 또 뭘 알고 있는 걸까? 창규가 아는 아버지는 변했다. 어린 기억에 남은 아버지는 신화적인 존재였고 갑자기 세상을 떠난 후에는 원망의 존재였다. 그러다 알게 된 어머니의 유언. 아버지의 주검에 사연이 있다는 언질.

만약…….

아버지가 어떤 음모에 휘말려 누명 같은 걸 쓰고 죽음의 길을 가야 했다면 얼마나 억울했을까? 세상은 그런 곳이었다. 같은 이불을 덮어도 비밀은 있는 법.

비밀.

구자룡과 여선주에게 있어 비밀은 의처증이었다. 여선주는 남편에게 의처증이라는 말을 했었다. 구자룡은 인정하지 않았다. 여선주가 울며 호소한 날도 있었다. 상담이라도 받아보라고.

한 번은 갔었다. 여선주와 함께 간 신경정신과 의원. 그곳은 재소자들과 연관된 상담소였다. 즉, 구자룡의 영향이 미치는 의사들이었다.

"와이프가 우울증이 오다 보니 저보고 의처증이라고 하는군요. 선생님이 잘 말씀해 주시면……."

미리 약을 치고 받은 상담, 당연히 구자룡은 공식 면피를 받을 수밖에 없었다.

하지만 인간의 기본은 변하지 않는다. 두 사람에게 있어 가해자는 구자룡이었다. 그렇다면 실마리도 그에게서 찾는 게 옳았다.

'처음부터 다시!'

창규가 백자 항아리를 제자리에 놓았다. 조금 헐렁해졌던

전의가 백자 항아리의 배처럼 차오르기 시작했다.

땡!

소리와 함께 엘리베이터 문이 열렸다. 창규 혼자 탔다. 조홍영의 사무실은 여전히 불이 켜져 있었다. 지하 주차장은 조금 어두웠다. 밤이 되면 절전 시스템으로 변하면서 조명이 낮아지는 것이다. 명당으로 불리는 자리에는 조홍영의 차가 파킹되어 있었다. 육경욱이 구속된 후로 그 자리에 대한 관심이 사라진 창규였다.

부릉!

시동을 걸고 순비에게 문자를 보냈다.

—지금 출발!

집으로 간다는 약속이었다. 핸드폰을 조수석에 던져두고 핸들을 꺾었다. 바로 그때 반대편 주차 공간에서 오토바이 한 대가 튀어나왔다.

'욱!'

창규는 본능적으로 몸을 움츠렸다. 헬멧을 눌러쓴 라이더. 그의 손에 들린 물체 때문이었다. 박카스 크기의 작은 음료수 병이었다. 그런데 그 끝에 불꽃이 아른거렸다.

상황 파악을 하기도 전에 음료수병이 앞 유리로 날아왔다.

펑!

음료수병이 박살 나면서 앞 유리에 불길이 번졌다.

'뭐야?'

창규가 고개를 들었다. 라이더는 같은 동작을 취하고 있었다. 이번에는 맥주병이었다. 그것 역시 다짜고짜 앞 유리를 향해 날아왔다.

파창!

파열음과 함께 불길이 확 번졌다. 박카스의 불길과는 비교도 되지 않았다.

'미쳤나?'

신경이 곤두설 때 구석 쪽에서 또 다른 오토바이 소리가 들렸다.

콰둥!

마후라가 폭발하는 듯한 굉음이 울려 퍼졌다.

와장창!

두 번째 라이더가 창규의 앞 유리를 강타했다. 쇠파이프였는지 운전석 쪽이 박살 나버렸다. 그사이에 첫 번째 라이더가 또 다른 화염병을 겨누었다. 앞 유리에 붙은 불, 게다가 이제는 훤하게 구멍이 뚫린 유리. 이 상태에서 화염병이 날아온다면 통닭구이가 될 수도 있었다.

'젠장!'

창졸간에 당한 일. 머릿속에 생각까지 많았기에 짐작조차 못 한 일이었다. 하지만 테러가 분명했다. 창규 차를 기다린 것이다. 그렇다면 누가? 게다가 사무실까지 찾아와서…….

짧은 순간 머리는 컴퓨터의 연산장치처럼 분주했다. 그 생각은 마침내 혼귀왕들에게 닿았다. 계약이 있었다. 이럴 때 도와주기로 한 규정. 그런데 어디에도 혼귀왕들은 없었다. 그렇다면 이들의 테러가 수임과 관련 없다는 것? 미친 듯한 생각이 끝나기도 전에 라이더의 팔이 허공을 갈랐다. 창규는 두 팔로 머리를 감싸고 고개를 숙였다.

평!

소음이 작렬했다. 그런데…….

"……?"

불바다가 되었어야할 앞 유리와 차 안이 그대로였다. 불발? 아니면 조준 실패? 사태를 파악하기 위해 고개를 들었을 때였다. 라이더들이 허둥거리는 게 보였다. 불은 화염병을 겨눈 라이더의 등에서 번지고 있었다. 나중에 등장한 라이더는 그 불을 끄느라 바빴다. 겨우 불길을 잡은 라이더들은 창규를 노려보고 달아났다.

그사이에 엘리베이터가 열렸다.

"어!"

조흥영과 함께 나온 변호사가 소리쳤다. 창규 차의 불길을 본 것이다. 그들이 달려와 창규를 꺼내주었다. 오래지 않아 소

방차가 출동했다. 맥이 풀린 창규는 119 구급대에 실려 병원
으로 향했다.

아빠!

아빠……!

눈 좀 떠봐.

승하가 왔어.

아빠 죽으면 안 돼.

아빠!

귓속이 아련했다. 승하의 목소리… 하지만 눈이 떠지지 않
았다. 깨진 창 사이로 연기가 들어왔던 것이다. 불은 무섭다.
딱 한 번의 호흡으로도 폐는 맛이 갈 수 있다.

아빠…….

그 소리를 들으며 다시 잠이 들었다. 한참 후에 눈을 떴을
때 순비가 보였다. 침대 옆에 앉은 그녀는 창규 가슴에 얼굴
을 묻고 잠들어 있었다. 환자복을 살펴보니 한윤기 원장의 상
생병원이었다.

'죽지는 않은 모양이군.'

주렁거리는 링거를 확인하고 헝클어진 순비 머리카락을 쓸
어주었다.

"여… 보?"

그녀가 선잠에서 깨어났다.

"또 내가 생고생시킨 모양이네?"

"여보……."

두 눈이 마주치기 무섭게 눈물을 쏟아내는 순비.

"여보……."

결국 그녀는 창규의 가슴팍에 무너지고 말았다.

"나 많이 잤어?"

"아뇨. 하루 정도… 괜찮아요?"

"보다시피……."

"어휴, 얼마나 놀랐는지 몰라요."

"우리 직원들도 그랬겠군?"

"전부 복도에 있어요."

"원장님은?"

"불러 드려요?"

"그래야지. 몰래 도망갈 수도 없고."

"알았어요."

자리를 털고 일어난 순비가 옷맵시를 다듬었다. 잠시 후에 원장과 직원들이 들어왔다. 다들 걱정에 잠 못 이룬 토끼 눈이었다. 이번에는 도병찬 기자와 이재명, 민선욱과 조일산 등의 오홍회 멤버들까지 합세한 상태였다.

"대체 어떤 자들이 이리도 무도하게……."

민선욱과 조일산은 분노를 감추지 못했다.

"그래도 이만하길 다행입니다. 경찰과 검찰이 나섰으니 범인이 곧 잡힐 테고……."

이재명도 고조되기는 마찬가지.

"그게 경찰 쪽 말로는 범인 잡기가 어렵답니다. 오토바이는 분실신고가 들어온 것이고 얼굴에 헬멧을 쓰고 있어서 신원 파악이 안 된다고……."

일범이 낮은 소리로 정황을 전했다.

"다른 검사 결과도 나왔나요?"

민선욱이 한윤기를 바라보았다.

"예, 폐가 문제였는데 다행히 연기 흡입이 많지 않았던 것 같습니다. 한 이틀 푹 쉬면 나가도 될 것 같습니다."

한윤기가 대답했다.

"아, 이거 제가 단체로 걱정을 끼쳐 드렸네요. 어쨌든 이렇게 와주셔서 고맙습니다."

창규가 말했다.

"뭐 짐작 가는 사람 없어? 이거 보통 문제가 아니야. 의도적이고 계획적인 거라고."

듣고 있던 도병찬이 목소리를 높였다.

성토는 그 정도에서 끝났다. 한윤기가 일동을 몰아낸 것이다. 환자에게 필요한 건 안정. 그 말에 태클을 걸 사람은 아무도 없었다.

"흐음, 우리 강 변호사님 인기가 대단하긴 하네요."

단둘만 남자 한윤기가 웃었다.

"원장님이 벌써 두 번이나 저를 구해주시는군요."

"하핫, 이 정도야 아무 병원에나 가도 되는 상황입니다."

"게다가 저 때문에 번거롭고……."

"나야 강 변호사님 자주 만나고 좋지요. 다만 좋지 않은 상황이라 그게 좀 그렇지……."

"심려 끼쳐 드려 죄송합니다."

"그래서 말인데… 지난번 일도 있고… 제가 제 마음대로 건강검진을 좀 했어요. MRI부터 쫙!"

"그래요?"

"진료비 청구는 안 할 테니까 심평원에 과잉 진료라고 신고하지만 마세요."

"그러시면 안 되는데……."

"내 마음이 그렇습니다. 그러니 좀 받아들이세요."

"그러시면……."

창규가 시선을 들었다. 혼귀왕들의 조치가 떠오른 것이다. 창규 몸에 심어둔 시한폭탄의 씨앗들. 그것들은 어떤 상태일까? 검사에 나올까?

"폐암, 췌장암, 전립선암 같은 게 궁금하다고요?"

"예……."

"가족력이 있으세요?"

"그건 아니고요 그 암들이 생존율이 약하다기에 걱정이 되어서……."

"뭐 주지할 소견들은 없던데… 잠깐만요."

한윤기가 침대에 달린 진단전용 컴퓨터를 열었다. 그런 다음 화면과 검사 수치, 반응 등을 훑어본 후에 말을 이었다.

"그러고 보니 조금 찜찜한 건 있네요."

"예?"

"폐… 췌장… 전립선… 우연히 이쪽에 유의사항이 있어요. 아직은 미미해서 무시해도 될 정도지만……."

"……!"

"아, 걱정할 단계는 아닙니다. 단순한 조직 뭉침일 수도 있고… 절대 악성이거나 유의할 병소는 아닙니다."

"예……."

"괜히 말했나? 이런 건 무시해도 되는 건데 하도 콕 찝어서 물어보니까……."

"아닙니다. 저도 자주 응급실 신세를 지다 보니 기우인 모양입니다."

"맞아요. 푹 자고 내일 아침 컨디션 봐서 퇴원 결정합시다. 뭐 생사를 다투는 소송 걸린 거 없죠?"

"있죠."

"……!"

너무나 쉽게 나온 창규의 말에 한윤기의 눈이 휘둥그레졌다.

"농담입니다. 얼른 퇴근하세요. 저 대신 민 박사님하고 이 판사님, 조 회장님 탁주라도 한 사발 대접해 드리시고……."

"흐음, 그래야죠. 강 변호사님 덕분에 오늘은 저도 혼밥 면제입니다. 그럼 조금이라도 이상 있으면 바로 연락주세요."

한윤기는 바이탈 사인을 체크하고 병실을 나갔다.

순비는 승하 때문에 집으로 돌아간 상황. 복도에서 밤을 새우겠다는 상길과 미혜도 돌려보냈다. 침대에 앉은 창규가 지난 상황을 돌려보았다.

늦은 밤의 지하 주차장. 주차 자리를 다 빠져나오기도 전에 라이더들이 튀어나왔다. 훔친 오토바이에 눌러쓴 헬멧이라면 CCTV를 의식한 정체 감추기. 거기다 미리 준비한 화염병을 투척했으니 계획적인 건 틀림없었다.

테러…….

누구일까?

이 정도 무리수를 둘 사람.

1) 육경욱—가능성이 있다.

2) 장례식장 전직 주먹들—역시 가능성 탑재.

3) 송규태 감독 때 구속된 리엔의 내연남─가능.

창규의 뇌리에 세 명의 용의자가 유력하게 떠올랐다. 그러나 완벽하게 사전 준비를 하고 시도한 테러. CCTV에 찍혔다고 해도 검거가 쉽지 않을 일이었다.

여기서 두 가지 생각이 스쳐갔다.

혼귀들이 안겨준 쌍식귀의 섭취물 리딩…….

그거라면 범인을 잡을 수 있었다. 세 사람을 찾아가 섭취물에 섞인 음모를 리딩하면 될 일이었다. 하지만 가능할까? 수임이 종료된 상황에서도? 만약 수임 성공과 함께 리딩 능력도 사라진다면 그들이 사주를 했다고 해도 밝혀낼 수 없을 일이었다.

나머지 하나는…….

혼귀왕과의 계약!

병실 불을 끈 창규가 두둑을 집어 들었다. 혼귀국 전속 변호사 계약서 135조 3항.

갑은 을이 위임된 건을 수행하다 위험에 처하면 보호를 해줄 의무를 진다.

창규가 끼워 넣었던 꼼수 조항. 하지만 이제는 그들도 주지하고 있는 조항이었다. 그에 의하면 라이더들은 화염병을 던지지 못했어야 했다.

후우웅두두웅!

피리를 불었다. 혼귀들은 나타나지 않았다. 몇 번을 반복했다. 그래도 감감무소식.

'무시하는 건가?'

이 쯤되니 오기가 발동했다. 창규는 30분도 넘게 두둑의 소리를 멈추지 않았다. 그제야 벽 쪽에서 반응이 왔다. 푸른 안개가 너울거리더니 두 혼귀왕이 등장했다.

"우리를 찾았느냐?"

이번에는 왕신여제가 앞서 말했다.

"예……."

"무슨 일이냐?"

"무슨 일인지는 이미 아실 것 같습니다만……."

"심사가 편치 않아 보이는구나?"

"생전에 화염병 폭탄 맞아본 적 있으신지요?"

"……."

"혹시 계약 135조 3항을 기억하시는지요."

"알다마다."

"그렇다면 계약 위반입니다."

"계약 위반?"

"두 분께서 위임하신 직무를 수행하다 제가 심각한 위험에 처하면 보호해 줄 의무를 진다라고 적시되어 있습니다. 그런데 돕지 않으셨습니다."

"이 무슨 뚱딴지에 적반하장 채워 넣는 소리?"

옆에 있던 몽달천황이 나섰다.

"적반하장이 아닙니다. 혼귀국에서 위임한 444건의 파혼을 마무리하자면 이런저런 위험에 노출될 가능성이 높습니다. 그때마다 외면하신다면 제 목숨이 두 개, 아니, 세 개나 네 개가 되어도 모자랄 것입니다."

"우리 변호사가 흥분한 모양인데 우리는 분명 계약대로 이행했다. 잘 더듬어 보거라."

"몽달천황님."

"잘 보래도."

몽달천황이 옷깃을 풀썩이자 계약서가 떠올랐다. 135조를 담고 있는 그 쪽이었다. 그 중에서도 특별히 한 단어가 반짝거렸다.

"……!"

그걸 확인한 창규의 인상이 확 구겨졌다.

최소한.

단어의 정체였다.

갑은 을이 위임된 건을 수행하다 관련자로부터 심각한 위험에 처하면 최소한의 보호를 해줄 의무를 진다.

　여기서 핵심이 되는 건 심각한 위험과 보호해줄 의무. 그런데 그 앞에 '최소한'이라는 수식어가 붙은 것이다.
　"그럼 라이더들 등에 불이 붙은 게?"
　"오냐. 그걸 허공에서 터뜨려준 게 나였다만."
　"……!"
　"그 정도면 최소한의 보호가 아니더냐? 더 해준다면 최소한이 아니라 적극적인 보호겠지. 크흠."
　"……."
　"이의 없으면 우린 그만 쉴까 한다만……."
　"잠, 잠깐만요."
　"이의 제기냐?"
　"아닙니다. 그건 제 잘못이니 그렇고… 그럼 그 라이더가 누군지 알려주실 수 있습니까?"
　"아니, 우린 변호사 말처럼 가식적인 쇼윈도 부부의 징치에만 관여할 것이다. 그 또한 계약이 아니더냐?"
　'헐!'
　"이제 됐느냐?"

"그럼… 수임으로 리딩한 사건의 관계자들을 나중에 다시 리딩하는 것도 가능합니까?"

"아니, 그 또한 파혼이 완료되면 종료되는 법. 단 변호사가 444건을 완료하면 누구에게든 언제든, 쌍식귀를 부려먹을 수 있을 것이다."

"아니죠. 한 가지는 예외. 손 없는 날!"

왕신여제가 친절한(?) 부연을 끼워놓았다.

"알겠습니다."

창규의 목소리에 맥이 풀릴 때 두 혼귀는 사라지고 안개만 남았다.

오리무중.

창규 심정에 딱 맞는 분위기였다.

이틀 후, 한윤기의 퇴원령이 떨어졌다. 바로 나가겠다는 의사를 밝혔지만 원장이 허락하지 않았다. 알고 보니 순비의 청탁(?)이 있었다. 창규의 과로를 걱정한 그녀가 간곡하게 부탁을 했던 것.

덕분에 침상에서 피해자 진술을 하게 되었다. 소식을 들은 이혁재 부장검사와 이준모 강력팀장까지 달려오는 통에 병실은 또 한 번 북적거렸다.

"이 사건 담당 팀장이 제 후배입니다. 범인 못 잡으면 옷 벗으라고 윽박질렀으니 아무 걱정 마십시오."

이준모는 비분강개를 참지 못했다.

그리고… 퇴원 준비가 끝나갈 때였다. 창규는 뜻밖의 문병객을 맞이하게 되었다.

똑똑!

노크와 함께 들어선 사람은 구자룡이었다.

"아이고, 제가 제대로 찾아왔군요?"

구자룡이 꽃바구니를 내밀었다.

"구치소장님이 어떻게?"

"뉴스 듣고 알았지 뭡니까? 괜찮습니까?"

"예… 대략……."

"아니 어떤 놈이 배짱도 좋지 서울 한복판에서 변호사를 테러하다니……."

"……."

"사모님?"

구자룡이 순비를 바라보았다.

"예……."

"아이고, 미인이시네. 반갑습니다."

"네……."

순비가 인사를 받았다.

"우리집에 다녀가셨죠?"

"아, 예……."

창규가 얼버무렸다. 여선주가 이야기를 한 모양이었다.

"우리 집사람 어때요?"

"예?"

"제가 볼 때는 나름 미인인데 제 눈에 안경인가 싶어
서……."

"아, 아닙니다. 굉장히 미인이시더군요. 성격도 조신하시
고……."

"괜찮은 여자죠?"

"예? 예……."

"그런데 왜 우리 집에 간다는 말을 안 했죠? 하셨으면 제가
잘 대접하라고 일러두었을 텐데……."

"아, 그게… 말씀드리려고 했는데 하필 그때 구치소에 소란
이 이는 바람에……."

"으음, 그때였군요. 그런데 우리 집사람은 왜?"

"아, 예… 그게 소장님 구치소가 인권 존중 구치소라는 평
판이 있길래 내조의 비결이 있나 궁금해서……."

"저는 금시초문인데요?"

"……!"

기다렸다는 듯이 부정하는 구치소장.

거기서 창규 말문이 막혔다. 말발 때문이 아니라 구자룡의

눈빛 때문이었다. 소리없이 충혈되어 가는 구자룡의 눈동자. 그 때문인지 오싹한 기분마저 들었다. 본인은 조심하고 있지만 집착이 와글거리는 눈빛. 이 사람, 무슨 속셈으로 온 걸까?

7. 벗겨라, 빤쓰까지 다 벗겨라

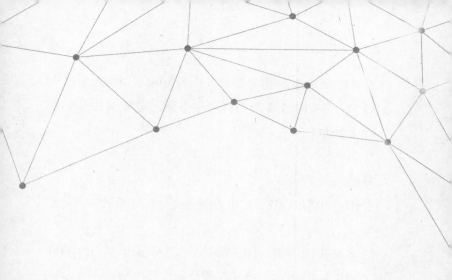

"혹시 다른 이유가 있었던 건 아닌가요?"

"예?"

"아, 오해는 마시고… 우리 집사람이 한 인물 하다 보니 남자 팬들이 많아서요."

"……."

"그렇지 않습니까? 인권 존중 구치소의 취재 쪽이라면 나나 우리 직원들에게 물어보셔야지……."

구자룡이 조용히 웃었다. 그 역시 차분한 미소였지만 집착이 묻어나는 건 어쩔 수 없었다.

창규는 궁지에 몰렸다. 느닷없이 찾아와 던져대는 돌직구. 이러다간 엉뚱한 오해를 사서 여선주를 곤란에 빠뜨리게 할 우려가 있었다.

그렇다면.

역공!

창규의 선택은 그것이었다. 어차피 한 번 더 확인하려던 구자룡.

좋게 보면 제 발로 와준 셈이었다. 잠시 물을 마시는 척하며 리딩으로 받아쳤다. 찾아온 속셈을 알게 되면 해결책도 나올 일이었다.

강창규.

제시어에 대한 리딩은 독계산(禿鷄散)이라는 한방정력제에서 나왔다.

영화 감상실이라고 주방 옆에 마련한 방. 그곳에서 구자룡이 한방 정력제에 빨대를 꽂았다.

쪽쪽!

정력제를 빨면서 바지를 들춰본다. 고추에 은근한 힘이 들어와 있다. 그는 흐뭇한 표정을 지으며 화면을 틀었다.

화면.

"……!"

창규의 혈류가 정지되었다. 그 화면에 보인 등장인물. 다름

아닌 창규였다.

"......!"

구자룡도 놀랐다. 화면에서 창규를 본 구자룡, 손에 든 정력제를 떨구고 말았다.

'저 새끼가 왜?'

그의 눈빛은 완벽하게 그런 표정이었다. 구자룡이 화면 앞으로 다가앉았다. 창규가 명함을 내놓는 게 보였다. 대화 중간에 일어서는 여선주. 혼잣말을 계속하는 창규. 그리고 마침내 정신을 잃는 여선주.

"......!"

그다음 장면에서 구자룡의 눈이 뒤집혔다. 창규가 여선주를 부축하는 장면이었다. 구자룡의 눈빛은 물 밖에 던져진 붕어처럼 팔딱거렸다.

그새 시뻘겋게 충혈된 눈.

하지만 그 눈은 쉴 새도 없이 창규의 손의 위치를 추적하고 있었다. 창규 손은 여선주의 오른팔을 잡고 왼쪽 겨드랑이로 들어갔다.

성인 여자를 부축하는 정상적인 자세였다. 하지만 구자룡의 눈에는 다르게 보였다. 오른손이 여선주의 가슴을 만진다고 판단한 것이다.

'잇!'

핏대가 오른 구자룡이 자리를 박차고 일어섰다. 문으로 다가선 그는 잠시 멈춰 숨을 골랐다.

이윽고 거실로 나왔을 때 그의 눈은 여선주에게 레이저를 쏘고 있었다.

"오늘 누가 왔었어?"

애써 부드러운 목소리로 묻는 구자룡.

"아뇨."

여선주는 고개를 저었다. 남편 성격을 아는 그녀였다. 남자가 다녀갔다고 하면 또 한 번 집요함의 끝판왕으로 변할 게 뻔했다.

"그럼 하루 종일 심심했겠네?"

그렇게 말하며 구자룡은 쓰레기통으로 걸었다. 순간, 여선주의 가슴이 철렁 내려앉았다. 하지만 늦었다. 구자룡은 어느새 창규의 명함을 들고 있었다.

"이건 밖에서 날아왔나?"

가만히 다가와 여선주 앞에 명함을 들이미는 구자룡.

"여보… 그게 실은……."

"둘이 무슨 사이야?"

구자룡이 얼굴까지 들이밀었다. 그의 눈빛은 완전하게 느끼 모드에 들어가 있었다.

"여보……."

"새 애인?"

"여보……."

"아니야? 아니면 왜 집에 들였는데?"

"그게……."

"그놈 냄새가 나잖아? 킁킁."

구자룡은 여선주의 가슴에 코를 박으며 추궁했다.

"제발 그만해요. 그냥 당신 구치소에 대해 물어보러 왔었어요. 하지만 내가 머리가 어지러워서 그냥 가라고 했고요."

참다못한 여선주가 항변을 하고 나섰다.

"머리가 왜? 남자를 보니 황홀해서?"

"여보!"

버럭 소리를 친 여선주가 일어섰다. 그녀는 그 자리에서 치마를 걷어 올렸다.

"의심스러우면 조사해요. 어차피 당신 코스잖아요?"

"여보."

"아예 옷을 벗을까요?"

"됐어."

그렇게 돌아서는 구자룡. 그는 그길로 옷을 챙겨들고 외출을 했다.

그다음 리딩의 매개체는 쌍화차였다. 허름한 청다방 안, 구석진 자리에서 누군가를 만나고 있었다.

턱!

구자룡이 봉투 하나를 던져놓았다. 앞에 앉은 남자가 봉투를 확인했다. 안에 든 건 200만 원, 그리고 창규의 명함이었다.

"짜군요."

남자가 누런 이빨을 드러낸 채 냉소를 뿜었다.

"대신 당신 형님이 대우받잖아?"

"젠장……."

"내일은 강아지 실컷 데리고 놀게 될 거야. 내가 담당 교도관에게 전화 때려줄 테니까."

"기왕이면 음료도 한잔 넣어주쇼."

"음료?"

"시원한 맥주 한 캔. 형님이 하이네켄 킬러 아니오."

"그러지. 일이나 제대로 하라고."

"이번 공사는 얼마짜리요? 4주, 6주?"

"바지에 오줌 지릴 정도면 돼. 여의치 않으면 한 12주 끊어줘도 상관없고."

"젠장… 변호사라……. 법 밥 먹는 놈들은 상대하기 싫은데……."

남자가 봉투를 챙겨 일어섰다.

"……!"

거기서 리딩을 멈췄다. 창규는 사고 때의 기억을 더듬었다. 오토바이 라이더 두 명. 그중에서도 화염병을 던진 라이더. 그를 지금 이 남자와 겹쳐보았다. 그림이 딱 맞았다.

'청부 폭력?'

창규 머리가 하얗게 변했다. 상상도 못 한 일이 일어난 것이다.

단순한 집 방문에 대한 반응으로 청부 폭력이라니? 푸헐. 놀란 마음을 달래며 리딩을 이어갔다. 정황으로 보아 구자룡의 청부 폭력은 한 번이 아닐 것 같았다. 그건 청다방의 남자 때문이었다. 맥락을 맞춰보면 그는 폭력배가 분명했다. 그의 보스는 교도소에 있고 그가 밖에서 옥바라지를 하고 있다. 더구나 돈을 주고 오더를 내는 모습. 너무나 익숙해 보이는 장면이었다.

[폭력배]

이 단어를 기준으로 섭취물 줄을 세웠다. 그랬더니 또 이 남자가 나왔다. 이번에는 꽤 오래 전이었다.

조명발 화려한 클럽이었다. 그냥 있어도 귀가 터질 것 같은 클럽 안. 양주와 맥주로 세팅된 테이블에 구자룡과 남자가 있었다.

"저 자식이야."

구자룡이 먼 테이블을 가리켰다.

"뭐 별거 아닌 놈 같구만요."

"보기보다 개차반이야. 아주 묵사발을 내버리라고."

"평생 병원에 있게 만들까요?"

"알아서 해. 내 눈에만 안 띄면 되니까."

"대신 우리 보스의 학교생활은 책임지는 겁니다."

"알았다잖아?"

구자룡이 테이블을 내리쳤다.

남자는 어슬렁거리며 목표물을 향해 걸었다. 먼 테이블에 앉은 사람이 선명하게 보였다. 부킹한 아가씨를 끼고 노닥거리는 남자. 바로 여선주의 오빠였다. 둘은 죽이 맞는 것 같았다. 모텔에서 원나잇도 불사할 각이었다. 하지만 화장실에 간 아가씨는 돌아오지 않았다. 남자가 보낸 여자 웨이터 때문이었다.

"조심해요. 방금 그 남자 유명한 제비예요."

화장실에서 받은 귀띔. 아가씨는 그 말을 믿고 그냥 나가 버렸다. 한참을 기다리던 여선주의 오빠. 아가씨가 튄 것을 알았다. 그는 재수에 밥 말아먹은 기분으로 계산을 하고 나왔다. 어슬렁 걸어 오토바이로 향했다. 아가씨를 뒤에 태우고 폼 한 번 잡은 후에 모텔로 가려던 상상은 박살 난 후였다.

와당!

짜증 섞인 시동이 걸렸다. 그는 사나운 드라이빙으로 복잡한 클럽 도로에 내려섰다. 하지만 걸리는 게 많았다. 막차 한 번 타보려고 클럽에 도착하는 외제 차들이 많았던 것이다.

"개쉐끼들!"

거칠게 침을 뱉은 그는 옆길로 빠졌다. 다행히 차량이 별로였다.

와다당!

한번 땡겨볼까 하고 가속할 때였다. 스쳐가는 자가용 한 대가 욕설을 날려왔다.

"이런 씨붕탱이 쉐리."

그렇잖아도 꿀꿀한 기분, 누구 하나 걸리길 바라던 참에 잘된 일이었다. 그는 자가용을 추격하기 시작했다.

빠라빠라빠 빠라빠라빠!

자정을 넘은 시간, 개의치 않고 경적을 울렸다. 자가용은 한 번 더 빈정을 날리고 좌측 이면도로로 머리를 꺾었다.

'씨발 놈이 튄다고 놓칠 줄……?'

핏대를 올리며 속도를 올리던 여선주의 오빠, 자가용이 커브를 튼 도로에서 튀어나온 우회전 차량을 보고 시선이 멈춰버렸다.

펑!

소리와 함께 오토바이와 여선주의 오빠가 허공에 치솟았다. 그에게는 잠시, 세상이 진공으로 변하는 순간이었다. 그리고 진공이 다 했다고 생각되었을 때 도로 위에 추락하고 말았다.

오토바이와 함께 몇 바퀴를 구른 그가 도로에 멈췄다. 깨진 이마에서 뜨끈한 피가 흘러내렸다. 그제야 보았다. 그 바닥에 쓰여진 흰 글자……

일방통행.

일방통행로였다. 그는 역주행하던 자가용을 과속으로 따라간 것이다. 그 자가용은 사라지고 준법 운행하던 다른 자가용에 들이박혔다. 역주행 폭주 오토바이. 빼도 박도 못할 과실이었다.

그런데… 어두운 골목에서 그 과정을 지켜보는 눈길이 있었다. 경찰과 119 구급대가 현장을 떠나자 그 눈길이 도로로 나왔다. 구자룡이었다.

'푸헐!'

창규의 머리카락이 삐쭉 일어났다. 청부 폭력의 시작. 그 대상이 바로 처남이었다. 그러나 여선주가 아는 건 정반대 상황. 어마무시한 반전이 나온 것이다.

숨을 고른 창규가 '처남'으로 리딩을 틀었다. 술집이 나왔다. 처남 여남규와 구자룡 단둘이었다. 여남규가 소주를 따라주었다.

"마셔."

두 눈 게슴츠레 뜨고 까칠하게 말하는 여남규. 구자룡은 인상만 구길 뿐 반응하지 않았다.

"왜? 행정고시 패스한 분은 싼 소주 못 마시나?"

"아닙니다. 제가 워낙 술을 안 좋아해서……."

"그러니까 마시라는 거야. 남자 새끼가 쪼잔하게시리……."

"말씀이……."

"말씀이 뭐? 너 하는 짓이 그렇잖아? 엊그제 선주에게 했던 행동. 쪽팔리지도 않냐? 씨발."

"……."

엊그제.

사건이 있었다. 여선주가 마트에 갔다가 남자 동기를 만난 것이다.

오랜만에 만났기에 함께 커피를 마셨다. 짐이 좀 많았기에 동기가 그걸 들어다 주었다. 그 광경을 구자룡이 본 것이다. 문 앞에서 마주친 구자룡, 인상을 구기고 집으로 들어갔다. 몇 시간 동안 말도 하지 않았다. 다시 사과하는 여선주에게 구자룡이 본색을 드러내기 시작했다.

"누구야?"

"동기?"

"동기가 왜 장바구니를?"

"괜찮다고 했는데 무겁다고……."

"나 없을 때 우리 집에도 들어왔던 거 아니야?"

"아니라니까."

"그걸 어떻게 알아? 몇 번이나 만났어?"

마구 닦아세울 때 처남이 들어섰다. 처남은 지금 그 일을 질책하고 있었다.

"너 그렇게 자신 없냐?"

처남이 물었다.

"……."

"남자 새끼가 불알 달고 할 짓이 없어서 마누라 의심이나 하고… 에라, 쌍. 아예 그거 잘라라. 난 또 교도소 근무한다길래 강단 좀 있는 놈인 줄 알았더니……."

새끼, 불알, 쌍, 놈…….

험한 단어가 이어질 때마다 구자룡의 미간이 불뚝거렸다. 그래도 구자룡은 속수무책이었다. 어쨌든 자신이 조금 심했던 것. 게다가 처남은 말이 통하는 인간이 아니었다.

비슷한 일이 몇 번 반복되었다. 이후로 구자룡은 처남의 눈 밖에 났다. 물론, 처남도 구자룡의 눈 밖에 난 지 오래였다. 결정적인 건 교도소였다. 교도관들과 함께 퇴근할 때 처남이 구자룡을 덮친 것이다.

그 또한 전날 일어난 의심 때문이었다. 전날 구자룡은 무리를 했다. 원인은 화장실 공사였다.

변기가 막히자 사람을 불렀던 것.

구자룡이 퇴근했을 때 여선주는 화장실에서 인부를 돕고 있었다.

거리가 너무 가까웠다. 옷이 너무 짧았다. 그게 못마땅한 구자룡이 시비를 걸다 여선주의 다리를 삐게 만든 것.

동생이 목발 짚은 걸 본 처남, 꼭지가 돌았다. 원래도 다혈질인데다 처남의 쪼잔한 성격을 싫어하던 차였으니 그길로 직장까지 치달은 것이다.

뻑!

처남이 구자룡의 쪼인트를 까버렸다. 멱살을 잡고 쥐잡듯 흔들었다. 부하 교도관들이 달려들었지만 이겨내지 못했다. 결국 구자룡은 개망신을 당하고 말았다.

'여남규…….'

구자룡이 치를 떨었다. 장인이 죽었으니 여선주에게 남은 혈육은 여남규 하나. 저 인간만 고분고분하게 만들면 만사가 편할 일이었다.

일을 꾸몄다. 아예 병신을 만들거나 교도소에 보내 눈에서 안 보이기를 원했던 것. 그래서 교도소에서 선이 닿은 폭력배를 시켜 작업을 해버린 구자룡이었다.

'하아!'

날숨을 쉬며 창규가 물러섰다.

세상에 이런 일이…….

"강 변호사님."

쏘아보던 구자룡이 재촉을 하며 나섰다.

"그럼 소장님……."

치를 떨던 창규가 비로소 고개를 들었다. 구자룡이 아는 건 창규가 여선주를 찾아갔다는 사실 뿐. 집 안에 아내 감시용으로 설치한 CCTV에는 음성이 없었던 것이다. 그러나 집안의 CCTV는 여러 개. 거실과 침실, 화장실과 현관 앞… 그건 여선주도 모르는 사항이었다.

거기에 더불어 오빠의 죽음. 그 또한 여선주는 반대로 알고 있었다. 이렇게 되면 구자룡의 범죄 행각을 밝히는 건 시간문제. 하지만 창규의 진짜 목적은 이혼에 있었다. 어쨌든, 구자룡의 빤쓰까지 홀랑 벗겨낸 창규. 이 정도면 승부를 걸 만해 보였다.

"혹시 심대성이라는 사람을 아십니까?"

작심한 창규가 돌직구를 던졌다.

"……!"

창규의 한마디에 소장이 소스라쳤다. 심대성은 그 남자였
다. 소장이 청부하는 폭력배.

"심대성?"

"그 사람이 저를 찾아왔었습니다. 법률 상담을 하고 싶다
고."

구자룡이 움찔 물러섰다. 창규가 한 발 더 다가서며 말을
이었다.

"사모님에 관한 것이더군요."

"우, 우리 집사람?"

"하지만 인상이 좋지 않은 사람이라 확인차 소장님을 찾아
갔는데 갑작스러운 소란이 일었고… 그래서 부득 사모님을 찾
아갔는데 병약해서서 기절……."

"무, 무슨 상담을 한 겁니까? 우리 집사람에 관한 거라니?"

"그게 사모님 앞에서 확인해야 하는 일이라……."

"……."

"이렇게 병문안까지 오셨으니 함께 가실까요? 저도 빨리 결
단을 내려야 하는 일이라서 말입니다."

"대체 무슨 일인데 그러는 거냐고요."

"아니면 내일 사모님을 저희 사무실로 보내주시면……."

"갑시다!"

창규가 한 발을 빼자 구자룡이 달아올랐다. 아내에 관련된

일이니 한시라도 빨리 확인하려는 것이다. 창규의 노림수였다.

"그럼 먼저 가 계시죠. 저는 퇴원 수속 밟고 댁으로 가겠습니다."

"알겠습니다."

구자룡이 병실을 나갔다.

"여보."

그때까지 지켜보던 순비가 걱정스러운 표정으로 말했다.

"괜찮아. 가서 설명만 하면 되는 일이니까."

"그럼 상길 씨라도 데리고 가요. 운전하지 마시고."

"오케이. 금방 끝내고 올게."

그길로 창규도 병실을 나섰다.

*   *   *

"여보세요."

조수석의 창규가 전화를 걸었다. 구자룡의 범행에 관한 것이다.

처음에는 이준모 강력팀장을 떠올렸지만 생각을 바꾸어 이혁재에게 걸었다. 구자룡은 현직 구치소장. 나름 고위직 공무원이다. 게다가 행정고시 출신이니 검찰로 체급을 맞춰주는 게 옳을 거 같았다.

"고맙습니다."

답례를 한 창규가 전화를 끊었다.

"누가 구속되는 겁니까?"

운전하던 상길이 물었다.

"구치소장."

"예?"

상길이 고개를 돌렸다.

"내 테러 사주범이야."

"예?"

한 번 더 놀라는 상길.

"처음도 아니고……."

"변호사님."

"구자룡 이혼 건, 잘하면 오늘 마무리 지을 수 있을지도 몰라."

"……."

"일 끝나면 자세히 설명해 줄게."

말하는 사이에 구치소장의 집에 닿았다. 구자룡은 대문 앞에서 기다리고 있었다.

"여기서 기다려. 이혁재 부장이 휘하 수사관을 보낸다고 했으니까 오면 안내 좀 해드리고."

"예……."

상길을 뒤로한 창규가 구자룡을 따라 집으로 들어섰다.

거실의 여선주는 굳어 있었다. 자초지종을 모르는 그녀였으니 창규의 등장이 반가울 리 없었다. 자칫하면 남편이 뒤집어질 판이었다.

"여보, 차 가져와야지."

여선주를 바라보는 구자룡의 눈길은 자애롭기 그지없었다. 속된 말로 사랑이 철철 넘쳤다.

"잠깐… 여기 뭐가 묻었네."

차를 내려놓는 그녀의 볼에서 티를 떼어주는 구자룡. 창규는 그 가식된 이중성에 치가 떨렸다.

"드세요. 우리 와이프가 커피 자격증이 있거든요. 이거 아무나 못 마시는 커피입니다."

구자룡이 커피를 권했다.

"예……."

"아, 변호사님은 지난번에 벌써 맛을 보셨나?"

은근히 계산된 태클을 걸고 가는 구자룡.

"그래, 이제 말씀하시죠? 우리 집사람이 아직 좀 안정이 안 돼서요."

커피를 홀짝거리며 구자룡이 본론을 재촉했다.

"그러죠."

창규도 잔을 내려놓았다. 그 짧은 시간 동안에도 거실에는 긴장감이 휘돌아갔다.

"사모님!"

창규가 비로소 운을 뗴었다.

"예?"

"제가 엊그제 드린 말씀 말입니다. 기억하시죠?"

"그건……."

"무슨 말을 하셨는데요?"

구자룡이 참지 못하고 끼어들었다.

"잠깐만요. 금방 끝날 겁니다."

창규는 구자룡을 눌러두고 말을 이어갔다.

"그분에게 아주 중요한 일입니다. 의견을 말씀해 주시겠습니까?"

"……."

"아, 그날 몇 가지 빼먹은 게 있군요. 저를 찾아온 그 사람… 이런 말을 했습니다. 그런데 나중에 알고 보니 그게 다 거짓이더라고. 오빠 사고를 수습한 게 아니라 오히려 폭력 사주를 해서 오빠를 죽게 만든 거라고……."

"……."

"그리고… 집 안 온갖 데에 몰래카메라를 달아 자신을 감시하고 있었다고……."

"이봐요."

다시 구자룡이 끼어들었다. 창규는 개의치 않고 남은 말을 이어갔다.

"그래도 그분은 이혼하지 말아야 하는 걸까요?"

"변호사님, 그걸 왜 제게?"

"그분이 말했거든요. 그걸 여선주 여사님께 물어봐 달라고."

"이봐요, 강 변호사, 지금 무슨 말을 하고 있는 거요?"

마침내 구자룡이 폭발하고 나섰다.

"정말 모르십니까?"

창규의 눈이 구자룡에게 건너갔다.

"……!"

움찔하는 구자룡.

"당신 이야기잖요? 사모님에 대한 의처증. 거기에 대해 태클 거는 눈엣가시 같은 처남을 폭력배 심대성에게 사주해 교통사고를 유발시켜 사망케 하고, 집안 곳곳에 CCTV를 달아 사모님을 감시한."

"뭐야?"

"그것으로도 모자라 내게도 심대성을 보냈지요? 아니, 당신이 심대성을 보낸 남자는 한둘이 아니었습니다. 사모님을 찾아온 남자들에게는 거의 그랬을 테니까."

"이봐, 지금 무슨 헛소리를 하는 거야? 당신 다시 병원으로 가야겠구만!"

"아닙니까?"

"당연히 아니지. 사람 잡을 일 있어? 여보, 이 사람 사고를 당하더니 맛이 갔어. 맛이 갔다고."

"맛이 간 건 당신입니다. 클럽 몰라요? 파라스 클럽. 구석의 28번 테이블. 여남규가 거기 온 날, 당신은 심대승을 사주해 여남규 오토바이를 들이박게 했어요. 그래야 사모님을 당신 마음대로 할 수 있을 테니까."

"닥쳐!"

구자룡이 튀어 올랐다.

"그 대가로 교도소에 복역 중인 심대승의 보스에게 각종 편익을 봐주었죠. 아닙니까?"

"이런 미친!"

구자룡이 폭주할 때 창규 전화가 울렸다. 상길이었다.

"……!"

정작 거실에 먼저 들어온 건 수갑을 찬 심대성이었다. 그걸 본 구자룡이 넋을 놓을 때 수사관 셋이 들이닥쳤다.

"구자룡 씨?"

수사관이 신분증을 내밀며 물었다.

"그렇소만 당신들 뭐야?"

"서울지검 검찰수사관입니다. 당신을 폭력 사주와 살인 교사 등의 혐의로 체포합니다. 불리한 진술은 거부할 수 있고 변호사의… 아, 이분이 마침 변호사시니 당장 조력을 받을 수도 있겠습니다만."

"무슨 소리야? 폭력 사주라니? 살인 교사라니?"

구자룡이 펄쩍 뛰자 수사관이 심대승의 등을 밀었다.

"이 친구가 다 자백했어요. 그러니 고위 공무원답게 순순히 갑시다."

수사관이 수갑을 들어보였다.

"여보……"

여선주가 구자룡을 바라보았다.

"아니야. 이놈들이 다 짜고 치는 고스톱이야. 내가 왜? 내가 왜?"

"저기 수사관님들."

창규가 영장을 집행하는 고참 수사관의 팔을 당겼다. 그런 다음 의견 하나를 전달했다.

"뭐 그러시면 잠깐은… 그런데 위험하지 않겠습니까?"

수사관이 창규에게 물었다.

"괜찮을 겁니다."

창규가 대답하자 수사관은 심대승을 데리고 먼저 나갔다. 창규에게 약간의 시간을 허락한 것이다.

"너, 이 자식……."

구자룡이 치를 떨었다. 창규는 그 앞에 버티고 서서 본론을 집행하기 시작했다.

"사모님."

"……."

"제가 한 말은 전부 남편 구자룡 씨를 빗대 드린 말씀입니다. 짐작하셨겠죠?"

"……."

"곧 전모가 드러나겠지만 남편은 당신의 오빠를 죽게 한 범인입니다. 오빠의 사고를 수습한 고마운 사람이 아니라고요."

"……."

"그것 외에도 당신과 만나거나 접촉한 남자들의 상당수가 폭행 사주를 당했습니다. 물론 저도 그중 하나죠. 알고 계셨습니까?"

창규의 질문에 여선주가 고개를 저었다. 느닷없는 팩트. 여선주가 인정하기에는 너무 놀라운 사실들이었다.

"당연히 그렇겠죠. 남편께서 당신을 감시하는 것도 몰랐죠?"

"전화 자주 걸고… 어디냐고 확인하는 건……."

"제가 말하는 건 정밀 감시입니다. 제가 다녀간 날, 사모님은 제 명함을 식탁의 쓰레기통에 버렸습니다. 그리고 그 위로 쓰레기가 더 모였어요. 그런데 남편은 어떻게 그걸 한 방에 찾아냈을까요?"

"그건……."

"야, 지금 무슨 헛소리를 하는 거야?"

구자룡이 달려들자 창규가 그 발을 걸었다. 중심이 무너진 구자룡은 엉덩방아를 찧고 말았다.

"지금 남편의 영화 감상실로 가서 컴퓨터를 켜보세요. 거기 비밀이 있을 테니까요."

"영화 감상실요?"

"안 돼. 거긴 내 사생활 공간이야."

구자룡이 외쳤지만 창규가 여선주의 등을 밀었다. 얼떨결에 들어선 여선주가 컴퓨터 전원을 눌렀다. 남편의 강박증과 당부 때문에 청소도 하지 못했던 영화 감상실.

"거기 이것저것 뒤져보시면 파일이 있을 겁니다."

창규 말을 들은 여선주가 파일을 열었다. 몇 번 헛발질을 한 여선주, 홈 블랙박스라는 파일을 열었다.

"안 돼!"

다시 구자룡이 달려들었다. 하지만 창규가 그를 막았다.

"……!"

화면을 본 여선주는 사시나무처럼 떨었다. 카메라는 많았다. 주방에도, 거실에도, 화장실에도, 욕실에도, 심지어는 2층과 작은 마당, 대문과 담벼락까지……. 무려 10여 개의 몰래카메라가 여선주의 일상을 거미줄처럼 체크하고 있었던 것이다.

"말도 안 돼."

여선주는 그 자리에서 무너져 버렸다.

"잇!"

발끈한 구자룡이 창규에게 주먹을 날렸다. 그걸 피한 창규가 구자룡을 패대기쳐 버렸다.

"어윽!"

구자룡은 신음을 내며 버둥거렸다.

"괜찮으세요?"

창규가 여선주를 부축해 세웠다. 여선주는 겨우 숨을 고르며 구자룡에게 다가갔다.

"여보… 오해야. 그건 약한 당신을 지켜주기 위해……."

퍽!

소리와 함께 구자룡의 입에서 거품이 넘어왔다. 하필이면 거시기를 걷어차인 것이다.

"나는 그래도 당신을 믿었어. 그 지옥 같은 집착과 의심이 싫었지만 그것도 사랑이라고 스스로를 위로했어."

"여보……."

"그런데 사람을 이렇게까지 비참하게 만들어?"

"그게 아니라 혹시라도 강도나 강간범 같은 게 들까 봐… 억!"

변명하던 구자룡의 입에서 다시 거품이 넘어왔다.

"강도, 강간범은 당신이야. 당신은 늘 나를 의심한 후에 짐승처럼 달려들었잖아? 내가 거부하면 다른 놈과 눈 맞아서 그렇다고 닦아세우고… 좋았어? 그렇게 정복하니 좋았어? 그때 나는 무슨 생각을 했는지 알아? 부부가 아니라 당신 성 도구라고 생각했다고. 오죽하면 내 물건을 도려내 너한테 붙여주고 싶었다고!"

"여보……."

퍽!

"억!"

"말하지마. 역겨워. 우리 오빠… 그렇게 죽었니? 니가 죽게 만들고 가증스러운 연극을 하며 뒷수습을 한 거야?"

"……."

"우리 오빠가 뭘 잘못했는데. 그거 다 니 잘못이었잖아? 우리 오빠가 좀 거칠고 무식하긴 해도 없는 소리 한 적은 없잖아?"

"……."

"변호사님!"

"예?"

"이 인간, 우리 오빠 죽인 벌 받게 되나요?"

"당연하죠."

"이혼소송 많이 하셨죠? 홍태리하고 신보라도 변호사님이 소송을 맡으셨더라고요."

"예······."

"혹시 이혼 서류 가지고 계세요?"

"예······."

"제 이혼 좀 맡아주세요. 이 인간 얼굴은 이 시간 이후에 다시는 보고 싶지 않아요."

여선주는 울먹이며 자리를 피했다.

"여, 여보······."

버둥거리는 구자룡. 창규는 모른 척 그의 사타구니를 한 방 더 걷어차 주었다. 화염병에 대한 빚을 갚은 것이다.

"끄어어······."

구자룡이 몸부림을 쳤다.

"엄살은··· 이봐요. 나는 당신이 사주한 화염병에 맞아 바비큐가 될 뻔 했거든요. 교도소 구치소에서 온갖 범인 다 겪은 사람이 말이야······."

퍽!

한 방 더. 한국 사람 정서라는 게 한 번에 끝내면 정 없다고 하니까.

"끄으······."

"사모님 말 들었죠? 당신, 어차피 들어가면 5년 이상이야.

오빠를 죽인 파렴치범이니 이혼을 반대해도 자동빵으로 이혼이고. 행정고시에 법무행정까지 하셨으니 잘 아시겠지?"

"으으……."

"마지막으로 깔끔하게 마무리하고 학교에 입학합시다. 찍으세요."

창규가 내민 건 합의이혼 서류였다.

"……."

"당신이 여선주 씨를 위해 할 수 있는 마지막 일이야. 머리잘 돌잖아?"

"……."

"찍으세요."

창규가 서류를 디밀었다. 구자룡은 별수 없이 지장을 누르고 말았다.

쿡!

소리가 좋았다.

또 하나의 혼귀국 수임을 해결하는 창규였다.

나중에 들은 이야기지만 구자룡은 정신병원으로 실려가는 신세가 되었다. 나름 엘리트 코스를 밟아온 그에게 교도소행은 충격 그 자체였다. 더구나 재소자들……. 그가 전직 교도소장이자 구치소장이었다는 걸 알자 친절(?)의 극치를 보여주었다. 모멸감과 상실감에 히스테리까지 더해지자 구자룡은 견

디지 못했다. 그는 결국 소나기 쏟아지는 어느 날부터 자해를 했고 그때부터 신경정신과를 오가는 신세가 되고 말았다.

　사랑.

　그걸 제멋대로 소유하려던 인간, 제 성질머리를 못 이긴 인간의 종말이었다.

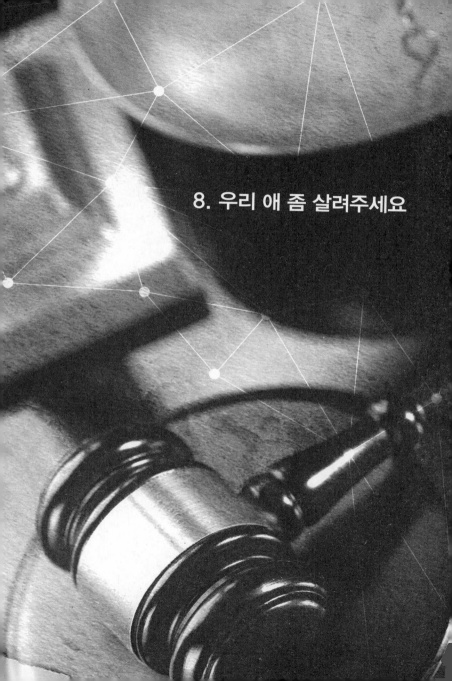

8. 우리 애 좀 살려주세요

와르릉.

번쩍!

콰자작!

마른 번개 뒤에 천둥이 일더니 기어이 벼락이 떨어졌다. 소리로 보아 아주 가까운 거리다. 창규는 본능적으로 몸을 사렸다.

어른이 되었지만 벼락은 아직도 두렵다. 기억이 과거로 달려갔다. 어릴 때였다. 아버지를 따라 충청도로 여행 간 적이 있었다. 그 여름, 시골 냇가에서 피라미를 잡고 노는데 소나기가 쏟아졌다.

와르릉, 콰자작!

순식간에 날씨가 험악해졌다. 아버지가 달려와 창규를 챙겼다. 펜션까지는 거리가 먼 상황, 저만치 작은 원두막이 보였다. 아버지가 창규를 업고 원두막으로 달렸다.

"워메, 애기가 비를 쫄딱 맞았네?"

원두막 주인이 창규를 반겼다. 그는 허름한 수건을 내밀고 간식으로 따놓은 참외도 내밀었다.

"서울에서 왔어?"

늙은 주인이 창규에게 물었다. 앞니가 다 빠져 구멍이 송송 뚫린 모습이었다.

창규는 고개를 끄덕거리는 것으로 말을 대신했다. 그사이에도 하늘이 벼락을 몇 방 더 꽂아 내렸다.

"괜찮아. 벼락은 죄 많은 놈들이나 무서워하는 거야."

"아빠, 그럼 나도 죄 많아? 나 무서워."

창규가 아빠에게 물었다.

"아니, 네가 아직 어려서 그래."

"하모, 아그들이 무슨 죄… 얼마 전에 우리 동네 도적놈도 벼락을 맞았는데 어른이었지. 내 평생에 어린 아그가 벼락 맞은 건 듣지도 보지도 못했단다."

주인은 대화에 끼어들어 창규를 달랬다.

"진짜 벼락에 사람이 죽었나요?"

아빠가 물었다.

"그럼. 하지만 그 인간은 죽어도 싸지. 이장 되고 나서 동네 말 못하는 장애인 아이를 5년이나 성추행을 일삼았다지 뭔가? 그 뭐 생활 지원인가 뭔가 알선해 준다는 미명으로 들락거리다가… 에이… 후레자식."

"……"

"그러니까 하늘이지. 무심한 거 같지만 다 자리 찾아준다고."

노인이 하늘을 보았다. 하늘 한편이 터져오고 있었다. 그 사이로 무지개가 반원을 그렸다.

"아빠! 무지개."

어린 창규가 소리쳤다. 창규가 태어나서 처음 본 무지개였다.

콰자작!

회상하는 동안에도 벼락은 몇 번 더 떨어졌다. 하지만 여기는 서울. 곳곳에 피뢰침이 있으니 위로가 되는 창규였다.

"변호사님."

잠시 후에 미혜가 대표실 문을 열었다.

"오셨어?"

"상담실에 모셨어요."

"수고했어."

창규가 상담실에 들어섰다. 중년의 아줌마가 벌떡 일어나 허리를 조아렸다.

너무 과분한 인사라 미안할 지경이었다. 녹내장으로 한쪽 눈을 실명한 아줌마. 그것으로도 모자라 다리까지 저는 여자.

이제 50을 바라보는 나이지만 추레한 몰골 때문에 60은 넘어 보이고 있었다.

"편하게 앉으세요."

사무장이 메모를 들고 와 아줌마의 긴장을 풀어주었다.

"저희 변호사님이세요."

"예……."

여자의 이름은 고순희. 창규가 바라보자 시선 둘 곳조차 모른다.

변호사를 하늘처럼 생각하는 모양이었다. 많은 상담을 뒤로하고 이 여자를 부른 건 돌발이었다. 원래는 몇 군데 빵빵한 의뢰처의 상담이 예정되어 있었다. 하지만 고순희의 사연이 모두의 눈물주머니를 자극했다.

"변호사님, 이분 꼭 만나보셨으면 좋겠어요."

평소, 업무에 대해서는 나서지 않던 미혜까지 입을 열 정도였다. 그래서 만나보기로 했다.

—교통사고 후유증.

상담란에 올라온 제목은 그랬다. 고순희는 열 살 난 딸이 있었다. 남편은 작년에 죽었다. 고순희가 장애를 가지고 있으니 생활은 목에 풀칠이나 할 정도. 그런데… 그 딸은 고순희보다도 더 큰 병이 생겨 버렸다.

원래는 씩씩하던 아이였다. 어린 나이에도 엄마의 손발이 되어주던 딸 양명화. 그런 딸에게 때늦게 교통사고 후유증이 나타난 것이다.

처음에는 그게 후유증인지도 몰랐다.

남편은 알코올중독자. 죽기 전에 그는 날마다 고순희를 닦아세웠다.

"니 년이 병신이니까 애도 유전이 된 거야."

일삼아 고순희 탓을 하던 남편이었다. 그러나 그녀 자신이 건강하지 못하기에 감수하며 살았다.

핏덩이로 버려진 탓에 중학교도 마치지 못한 그녀였던 것이다.

양명화가 교통사고를 당한 건 2년 전이었다. 비가 추적추적 내렸다. 고순희는 식당 허드렛일을 나가고 없었다.

명화는 학교에서 돌아와 혼자 놀았다. 오후가 되자 아버지

가 돌아왔다. 낮술을 마신 그는 술에 떡이 되어 있었다. 새삼
스러울 것도 없었다.

그날 함께 술을 마신 사람은 노가다 뛰는 고두석 아저씨.
그도 비가 오는 통에 쉬는 날이었다.

둘은 잘 가는 뒷골목 식당 남원집에서 두부찌개 하나 시켜
놓고 소주 11병을 까고 왔다. 그것도 외상 장부에 달고. 그건
나중에 양동구가 혼자 씨부렁거리는 소리를 고순희가 들어서
알았다.

"야, 이년아, 밥 니가 다 처먹었어?"

밥통을 열어본 아버지가 소리쳤다. 아버지는 쌀통을 열었
다. 쌀이 바닥이었다.

"이놈의 여편네는 밥도 안 해놔, 쌀 떨어지는 것도 몰라…
야, 가서 쌀 사와. 라면 두 봉지하고."

아버지가 만 원짜리 두 장을 집어던졌다. 이 또한 종종 있
는 일이었다.

여덟 살의 어린 명화가 밖으로 나왔다. 싫다고 해봤자 돌아
올 건 매타작밖에 없었다. 명화는 가까운 슈퍼를 지나 대형마
트로 갔다. 거기 가면 4킬로그램 쌀이 1000원 정도 쌌다.

그 차액으로 빨대 사탕 두 개를 사서 하나는 주머니에 넣
고 하나를 물었다. 명화에게는 이게 작은 즐거움이었다. 옆구
리에는 무거운 쌀을 껴안고 또 한 손에는 우산. 그렇게 돌아

오다 교통사고를 당했다.

다행히 겉보기에는 큰 부상이 없었다. 합의는 양동구가 나서서 끝냈다.

당시 양동구는 그 자리에서 합의서를 써주었고 그 돈은 며칠 지나지 않아 술값으로 탕진이 되었다. 모처럼 목돈이 생기자 여자까지 끼고 며칠 동안 퍼마신 것.

자고 나니 명화는 아팠다. 아버지는 울먹이는 명화에게 진통제 몇 알과 파스 몇 장에 구박을 끼워서 던져주었다. 더는 말하지 못했다. 몸이 아픈 것보다 아버지가 더 무서웠다. 그러다가 아버지가 죽었다. 그 후로 본격적으로 후유증이 나타났다.

"악!"

시작은 종이였다. 비명이 서막이었다. 단순히 종이에 닿은 것뿐인데 칼로 살을 베는 듯한 통증이 느껴졌다.

"이년이 엄살은……."

사정 모르는 엄마의 손이 명화의 등짝을 때렸다.

"아악!"

명화는 거의 기절 직전까지 치달았지만 돌아온 건 또 한 번의 야단과 매타작뿐이었다.

"그게 뭐가 아파? 엉? 진짜 아픈 건 엄마야."

그때는 그냥 넘어갔다. 조금 있으니 통증이 가라앉았고 며칠은 잠잠했던 것이다. 그땐 왜 그랬지? 어린 마음에 명화, 다시 종이로 살을 스쳐보았다.

"까악!"

다시 비명이 나왔다. 며칠 전의 고통은 착각이 아니었다. 종이가 스치는 순간 불에 타는 듯한 고통이 달려든 것이다. 결국 엄마도 꾀병이 아니라는 걸 알았다. 하지만 병원 갈 돈이 없었다. 동네 약국에서 진통제 한 통 사다 먹으며 통증을 달랬다.

"내가 무식해서 그래요. 그때 바로 병원에 갔으면 어떻게 됐을지 모르는데……."

사연을 짚어가던 고순희가 눈물을 쏟아냈다. 남들은 의료쇼핑도 다닌다는데 정작 아파도 병원 문턱을 넘지 못하는 사람들. 아직 대한민국에 강물처럼 많았다.

"결국 이웃사람들 도움으로 조금 큰 병원으로 갔더니……."

고순희가 진단서 한 장을 내놓았다.

복합부위통증 증후군(CRPS)

진단서에 적힌 진단내용이었다.

"나는 생전 처음 듣는 말이고… 이웃 사람들도 대개 처음 듣는 병이라……."

쉽게 말하면 교감신경계 질환이다. 이때까지도 고순희는 자신의 빈약한 몸 때문에 아이에게 나쁜 병을 물려준 것 같다며 자신을 자책했다.

그 병이 교통사고 후유증이라는 걸 알게 된 건 뉴스 때문이었다. 교통사고의 여러 후유증을 특집으로 보여주던 아나운서가 이 질환을 언급한 것이다. 그러고 보니 양명화의 경우와 다르지 않았다.

하지만!

그건 이미 1년하고도 한참 전의 일이었다. 그때 받은 100만 원은 양동구가 꿀꺽하고 무덤으로 달아버린 일.

"아이고, 그걸 100만 원 받고 말았어? 이 멍청아."

"맞아, 교통사고가 얼마나 무서운데. 이렇게 될까 봐 다들 후유증 보상까지 달라는 거잖아?"

이웃 아줌마들은 고순희의 무식과 무지를 질책했다. 그러다 한 아저씨가 대안을 내놓았다.

"지금이라도 가해자 찾아가 봐요. 그때 동구 말 들으니 엄청 비싼 외제 차라고 하던데."

그건 명화가 증명해 주었다. 어린 명화가 그려낸 차의 앰블런은 동그라미 네 개가 맞물린 것. 즉, 아우디였다.

"아악!"

증언을 한 명화는 다시 비명 속에 자지러졌다.

고순희는 옷장을 뒤졌다. 무식하지만 서류 중요한 건 알아 웬만하면 버리지 않았다. 한참을 뒤지니 합의서가 나왔다. 그 주소로 찾아갔다. 통증에 시달리는 명화를 데리고.

가해자를 만났다. 20대 후반의 기름 좔좔 흐르는 상류층 도련님이었다.

"나참……."

그는 냉소부터 뿜었다.

"그러니까 애가 내 차에 치였었다고요?"

그가 콧방귀를 쏘며 물었다.

"애 좀 봐요. 후유증으로 날마다 시달려요."

고순희가 명화 등을 밀자 명화는 터질 듯한 비명을 내질렀다 .

"둘이 지금 뭐하자는 시츄에이션?"

"애가 이렇게 아픈데 돈이 없어요. 치료비라도 좀……."

"2년 전 사고를?"

"……."

"그때도 300이나 줬는데?"

"100만 원 아니에요?"

고순희가 고개를 들었다.

"미친… 이것들 사기꾼 아니야? 당장 경찰 부르기 전에 꺼 져."

남자가 핏대를 올렸다. 그러고 보니 합의서에 쓰인 액수가 300만 원이었다. 그동안 양동구의 말만 듣고 100만 원으로 생각했던 고순희. 양동구가 액수를 속이고 저 혼자 흥청망청 써 댄 것이다.

―100만 원인 줄 알았더니 300만 원.

고순희에게 있어 300만 원은 너무 큰돈이었다. 그 정도 받았으면 더 할 말이 없다 싶어 양심상 돌아서고 말았다.

양명화의 통증은 날이 갈수록 심해져갔다. 가엾은 엄마와 딸은 비명을 자장가 삼아 잠드는 수밖에 없었다.

그런 그녀들이 창규를 생각하게 된 건 사회복지사 때문이었다. 어느 날 찾아온 사회복지사가 그녀들의 사정을 들은 것.

눈물을 흘린 복지사가 창규네 홈페이지에 사연을 올렸다. 그걸 본 사무장이 진위 파악에 나서면서 갑작스레 마련된 상담 자리였다.

"그쪽은 추가 합의에 응할 수 없다고 하네요."

사무장이 말했다. 이미 저쪽 의향을 타진해 본 모양이었다.

"가해자 신원은 나왔나요?"

"차돌타이어 장남이더군요."

"차돌타이어요?"

창규가 발딱 고개를 들었다. 차돌타이어라면 대한민국 최고의 타이어 회사. 말하자면 재벌급에 속하는 회사였다.

"고순희 씨."

창규가 고순희를 호명했다.

"예, 변호사님……."

"이 건은 제가 수임하겠습니다."

"예?"

고순희가 소스라치는 게 보였다. 하지만 그 눈빛은 금세 걱정 충만 모드로 변해 버렸다.

"하지만 저희는 돈이……."

"걱정 마세요. 소송이 잘돼서 보상금을 받으면 거기서 10%를 받겠습니다. 만약 실패하게 되면 한 푼도 받지 않겠습니다."

"아이고, 이렇게 고마우실 데가……."

고순희는 자리에서 일어나 허리를 굽신거렸다.

"지금 아이는 어디 있나요?"

"집에……."

"사무장님, 차 좀 준비시켜요."

"지금 가시게요?"

"어쩝니까? 여러분이 단체로 내 등 떠밀어놓고……."

창규가 웃었다.

고순희의 집에 도착했다.

집이 아니라 움막 수준이었다. 연립의 반지하, 아직도 서울에 이런 곳이 있을까 싶었다.

방 안 환경도 엉망이었다. 속된 말로 몇 시간만 머물면 병이 걸릴 듯 열악한……

명화가 거기 있었다. 반쯤은 내려앉은 침대 매트 위. 그곳에서 명화는 맥없이 사위어가고 있었다.

"명화야, 너 도와줄 변호사 선생님 오셨어."

기쁜 나머지 고순희가 명화 손을 잡아버렸다. 그러자……

"까악!"

날카로운 비명이 방을 흔들었다. 손이 닿자 통증이 유발된 것이다.

"미, 미안해. 엄마가 너무 좋아서 깜박 잊었어."

고순희는 어쩔 줄을 몰라 했다. 뭔가에 닿으면 벼락처럼 일어나는 통증. 그걸 잠시 망각한 고순희였다.

"얘가 이래요. 손만 닿으면… 어떨 때는 종이만 닿아도……"

고순희의 억장이 무너져 내렸다.

"당장 병원으로 옮겨야겠는데요?"

사무장이 말했다. 창규도 동감이었다. 고순희의 말로는 잘 그려지지 않던 질환. 눈으로 보니 이런 응급 환자가 따로 없었다. 할 수 없이 한윤기 원장의 신세를 지기로 했다.

띠뽀띠뽀!

한 원장은 다행히, 두말없이 앰뷸런스를 보내주었다. 뿐만 아니라 그 자신이 직접 달려와 주었다. 그는 심장전문의지만 그 기원은 내과. 그렇기에 문외한은 아닌 터였다.

병원에 도착하기 무섭게 여러 검사가 시행되었다. 그사이에 고순희는 복도의 의자에서 두 손을 모았다. 그걸 본 사무장이 창규에게 애잔한 눈빛을 보냈다.

창규는 알았다. 사무장의 눈빛이 말하는 의미. 고순희… 엄마라는 이름으로 버티고 있지만 그녀 또한 환자에 다름이 아닌 것이다. 기왕 이렇게 된 거 철판 한 번 더 깔기로 했다. 또 다행히 한윤기는, 기꺼이 창규의 부탁을 들어주었다. 이렇게 해서 모녀는 난생처음으로 수준 높은 의료 혜택의 수혜자가 되었다.

"앉아요."

검사 결과가 나온 후, 원장이 창규를 불렀다. 안에 들어서자 의자를 권하는 한윤기.

"결과 나왔다고요?"

"일단 엄마부터 시작할까요?"

"그러시죠."

"왼쪽 눈은 실명 수준이네요. 조금 빨리 왔으면 각막이식의 희망이라도 가져볼 것을 녹내장이 너무 진행되어 손을 쓸 수 없게 되었습니다."

왼쪽 눈 실명 기정사실!

땅땅땅!

한윤기가 법봉이 아닌 의료봉 선고를 했다.

"그래도 다리는 희망이 있습니다. 우리 정형외과 과장 소견으로는 뒤틀어진 다리뼈는 시술로 교정이 가능하다고 합니다."

"다행이군요."

창규는 자기 일처럼 좋아했다.

"다음으로 양명화……."

한윤기가 MRI 화면을 넘겼다. 표정은 그리 밝지 않았다.

"Complex regional pain syndrome, 즉 CRPS가 맞습니다. 교감신경계 질환으로 극심한 통증을 수반합니다. 뭔가가 스쳐도 그렇지만 추위에 노출되어도 커터 칼로 살을 찢는 듯한 고통을 느끼게 됩니다. 그런 상황에 오래 방치되어 치아도 많이 상했습니다. 고통을 참느라 이를 악물다 보니……."

"……!"

"그렇게 심한 고통입니까?"

"일반인들은 설명해도 감이 안 올 겁니다. 이게 생살이 불에 타는 듯, 칼날로 피부를 자르듯 아픕니다. 말기 암 환자들에게 나타나는 최악의 통증도 이 앞에서는 깜이 안 될 수 있습니다."

"그 정도예요?"

"교통사고 후유증이냐가 궁금하다고 하셨죠?"

"예……"

"이 CRPS는 두 가지가 있습니다. 1형은 반사성 교감신경성 위축증이라 칭하는데 남자보다는 여자의 발생 빈도가 조금 높습니다. 주요 동통으로 이질통, 부종, 근육 위축 등의 증세를 보이고… 2형은 총상이나 교통사고 등에 의한 신경 손상에서 작열통을 유발합니다."

"교통사고의 가능성도 있군요?"

"그렇긴 합니다. 하지만 교통사고 후유증이라는 게 인과관계의 증명이 쉽지 않은 게 문제죠."

"명쾌하게 교통사고에 의한 질환이라는 입증이 어렵다는 말이군요?"

"뭐 인체가 다 그렇습니다. 아시겠지만 대기업 사업장에서 발생한 근로자의 특정 암도 잘 인정이 안 되는 편이니까요."

"명화의 경우는요?"

"다행히 진단은 낼 수 있을 것 같다고 합니다. 1형의 주요 증상인 부종과 색깔 변화 등이 수반되지 않는 작열통이라서요."

"고맙습니다!"

창규가 반색을 했다.

"소송을 하시려고요?"

"예… 아이가 교통사고 직후에 충분한 조치를 받지 못한 모양입니다. 그래서……."

"행운이군요."

"네?"

"명화라는 아이 말입니다. 강 변호사님 같은 분을 만나서……."

"별말씀을… 이 건은 저보다 원장님 힘이 더 필요한 사안입니다."

"제가요?"

"팩트가 의학의 영역에 속하지 않습니까? 진단서… 잘 부탁드립니다. 의료인의 양심을 거스르지 않는 선에서 말입니다."

"이거 아예 제 면허증을 강 변호사님께 드려야 할 판인데요?"

"그리고 두 사람 다 진료비는 외상입니다."

"그건 염려치 마십시오. 저도 구급차에서 내렸을 때 이미 병원비 받을 생각은 버렸습니다."

"아닙니다. 제 말은 외상이라는 거지 공짜 진료를 받겠다는 게 아닙니다."

"강 변호사님, 저도 좋은 일 좀 합시다."

"제 말은… 진료비를 가해자에게 받아내겠다는 겁니다. 보아하니 이 사고는 좀 수상한 측면이 있습니다. 가해자가 어린아이를 치었는데 병원도 안 데려가고 현장에서 보호자 합의서로 끝을 냈어요. 전후 사정은 모르지만 도리가 아니지 않습니까? 더구나 명화는 당시 고작 여덟 살이었습니다."

"어이쿠, 저런!"

"가해 차량이 화물차 같은 것도 아니고 고급 외제 세단에 재벌급 회사의 장남. 그렇다면 당연히 보험에도 가입되어 있을 텐데 너무 무책임하지 않습니까?"

"듣고 보니 그렇군요."

"그럼 잘 부탁드립니다."

"별말씀을… 우리가 죽어가는 아이도 살리려고 심장병 어린이 무료 수술을 하는 판에 산 애는 어떻게든 살려야지요. 저는 환자를 지킬 테니 강 변호사님은 피해자의 권리를 지켜주세요."

한윤기는 전폭적인 지지를 아끼지 않았다.

"일단 소송부터 제기할까요?"

회의실에 마주앉은 사무장이 창규에게 물었다. 몇 시간 동안 일범과 함께 검토를 끝낸 사무장이었다.

"권 변 생각은?"

"나쁘지는 않을 거 같습니다. 합의를 본 당사자인 아이 아버지가 죽은 게 좀 아쉽긴 하지만요."

"그렇지?"

"예, 아무래도 당시 합의 정황을 모르게 되었으니까요."

"현장 사진은 확보했어요?"

창규가 사무장을 바라보았다.

"여기……."

사무장이 사진 몇 장을 꺼내놓았다. 명화가 사고를 당한 곳. 작은 도로였다. 건널목은 아니었다.

"목격자는요?"

"몇 군데 알아봤는데 큰 사고가 아니라서 그런지 아직은 소득이 없습니다."

"아니면 선배님, 일단 가해자 찾아가서 소송 의사를 밝히면서 재합의를 요구하는 건 어떨까요?"

일범이 실속 있는 제안을 내놓았다.

"오케이, 내가 한번 만나볼게."

창규가 상황 정리를 해주었다.

창규는 이미 쌍식귀 사용권을 쓸 결단까지 내리고 있었다. 다른 큰 사건을 맡으면 수천에서 억 단위 수임료를 땡길 수도 있는 일. 하지만 돈은 전전 수임에서 아쉽지 않게 땡겨놓았다. 그렇기에 사무실 운영비는 한결 여유가 있는 상황이었다.

혹은 일범의 말처럼 저쪽에서 순순히 응해준다면 그 또한 시간을 절약할 수 있는 일.

부릉!

창규는 차돌타이어 강남 본사를 향해 시동을 걸었다.

스륵!

휴게실에 도착한 창규가 잡지를 넘겼다. 스포츠카 잡지였다. 차돌타이어 본사를 찾는 건 누워 떡 먹기였다. 휴게실까지 오는 데도 그리 번잡하지 않았다. 변호사 명함을 건네며 소송 건으로 왔다고 하자 바로 안내를 받은 것이다.

하지만······.

힐끔 벽시계를 보는 창규. 여기 들어온 지 한 시간 하고도 20분이 지나고 있었다. 여기서 딱 막혀 버린 것이다. 문을 바라보다가 쓰레기통에 시선이 닿았다.

'과태료 고지서?'

한두 장이 아니었다. 개중에는 범칙금 고지서도 있었다. 그 고지서에 가해자의 이름이 박혀 있었다.

변재호.

그렇다면 과태료도 변재호의 것일 가능성이 컸다. 외제 차 탄다더니 속도광이 된 걸까?

과태료와 범칙금.

둘 다 차 때문에 벌금을 낸 건 맞았다. 그런데 왜 이름이 다른 걸까? 그건 사안의 성격이 다르기 때문이었다. 우선 과태료는 운전자가 누구인지 알 수 없을 때 부과한다. 차량 운전자가 아닌 차량 자체, 즉 소유자에게 책임을 묻는 것이다.

예를 들면 고속도로에서 제한속도 이상 질주하다가 무인 카메라에 찍힌 경우가 그렇다.

범칙금은 운전자에게 부과된다. 예컨대 교통법 위반으로 현장에서 경찰에게 적발된 경우이다.

이때는 운전자가 누구인지 명쾌하기에 범칙금이라는 금전적 처벌을 부과한다.

유사한 경우로 벌금이 있다. 셋 다 금전적 처벌이지만 벌금은 정식재판을 거쳐 일정 금액을 국고에 납부하는 형사처벌이다. 벌금은 전과 기록으로 남는다.

그렇다면 이 세 가지 처분에 대해 불복하면 어떻게 될까? 과태료는 추가 비용을 내거나 통장을 압류당할 수 있다. 범칙금은 즉결심판을 받을 수 있다. 마지막으로 벌금은 형사처분이기에 노역장에 유치되기도 한다.

이런 과태료와 범칙금 고지서를 한 아름씩 들고 다니는 변재호. 그의 운전 행태를 알 것 같았다. 바로 그때 휴게실의 전화가 울렸다. 안에 있는 건 창규 혼자. 하는 수 없이 수화기를 들었다.

─변호사라고요?

송화기에서 짜증 섞인 한마디가 흘러나왔다.

"예……."

─무슨 일입니까? 나 찾아온 거 맞습니까?

"변재호 이사님?"

창규는 호칭까지 잊지 않았다.

—그렇습니다만……

"2년 전에 어떤 꼬마 아이 교통사고 낸 적 있죠? 그 일로 왔습니다."

—2년 전? 그런 기억 없는데?

"있습니다. 여덟 살 여자아이입니다."

—그래, 뭐 그렇다고 치고… 그게 왜요?

"아이가 교통사고 후유증이 생겼습니다. 소송을 제기하기 전에 한번 뵈려고 왔습니다."

—소송?

변재호의 목소리가 갑자기 높아졌다. 전화는 일방적으로 끊겼다.

'뭐야?'

수화기를 놓아보지만 다시 울리지 않았다. 뭐 이런 개 같은 경우가 있나 싶은 마음이 들 때 문이 덜컥 열렸다. 한 남자가 들어섰다. 창규는 그가 변재호인 줄 알았다. 하지만 아니었다.

"변호사시라고요?"

남자의 표정은 코웃음에 가까웠다.

"예… 여기 제 명함입니다."

창규가 명함을 꺼내주었다. 그걸 본 남자의 눈빛이 출렁이는 게 보였다. 창규를 아는 모양이었다. 알고 보니 그는 차돌타이어의 변호사였다.

"그런데 무슨 일로 오셨습니까?"

똥개도 자기 집에서 절반 먹고 들어가는 법이라고 한다. 그 말을 입증이라도 하려는 듯 그가 다리를 꼬고 앉았다.

"변재호 이사님을 뵈어야 합니다만……."

"제가 그분 고문 변호사입니다. 이사님은 지금 독일 바이어 상담 중이니까 제게 말씀하세요."

"교통사고 때문에 왔습니다."

"이거 말씀이군요?"

변호사가 합의서를 꺼내놓았다. 고순희가 보여준 그 합의서였다.

"예."

"이게 왜요? 정식 합의로 마감된 사안인데."

"아이가 후유증이 생겼습니다."

"후유증요?"

"예."

"하핫, 이거 왜 이러십니까? 당시에도 술주정뱅이 아버지가 찍자 붙는 바람에 300이나 주었다고 하던데 2년 지나서 후유증이라고요?"

"예."

"말도 안 됩니다. 강 변호사님이 요즘 잘나간다기에 저도 관심 깊게 보고 있는데 이건 무리예요."

"그건 섣불리 단언할 수 없는 겁니다."

"2년이나 지나서요?"

"여기 진단서입니다."

창규가 진단서로 맞섰다.

"복합부위통증 증후군?"

"교감신경계 질환입니다. 교통사고와 인과관계 충분합니다."

"잠깐만요."

변호사가 잠시 복도로 나갔다. 거기서 누군가와 통화를 했다. 그는 잠시 후에 다시 창규 앞으로 돌아왔다.

"억지입니다. 저희 지정 병원 신경과 전문의에게 자문을 구했는데, 그렇다면 그동안 왜 잠잠하다가 이제 와서 재합의를 하려는 겁니까?"

"외람된 말이지만 그쪽 보호자들이 그런 능력이 없거든요. 돈도 사회성도……."

"그걸 믿으란 말입니까?"

"결과가 말하고 있지 않습니까?"

창규가 진단서를 짚었다. 둘 사이에는 이미 팽팽한 긴장이 내려앉은 후였다. 홈그라운드의 이점을 안고 각을 세운 변호사. 첫 대면이기에 약한 모습을 보일 수 없는 창규.

분위기는 일촉즉발 직전이었다.

"아무튼 돌아가세요. 이사님 말씀으로 이 사건은 접촉한 줄도 모를 정도의 가벼운 접촉이었는데 술주정뱅이 횡포에 바가지를 쓴 사건이라더군요. 강 변호사님은 그쪽 보호자들이 능력이 없다고 하시는데 저희 판단은 다릅니다. 아마 그 피해자보호자 양반, 어디서 이사님 직위 보고 돈 생각이 난 모양인데 한 번 당하면 되었지 두 번이나 당할 수 없습니다."

"합의를 한 보호자는 사망하고 없습니다."

"뭐라고요?"

"일단 이사님을 뵙게 해주시죠. 한 시간 반이나 기다렸습니다."

"이봐요, 강 변호사님!"

"여기까지 왔는데 당사자 얼굴은 봐야 하지 않겠습니다. 입장을 들어도 이사님께 직접 들어야 하고."

"……"

"이 일은 아이를 담당하는 사회복지사 주선으로 맡게 되었습니다. 그분들이 이 딱한 사연은 방송과 인터넷에 알려야 한다고 하는 걸 잠시 막아두었습니다만……"

창규가 슬쩍 압박을 주었다. 차돌타이어는 유명 기업. 그장남이 도마에 올라 좋을 일은 없었다.

"제가 이사님을 모셔 와야 하는 이유를 한 가지만 알려주시죠."

―당신이 생각하는 재합의의 근거.

―그게 대체 뭔데?

그 말이었다.

"300만 원입니다."

창규는 주저 없이 대답했다.

"300만 원?"

"아까 분명 가벼운 접촉이라고 했었죠? 그래서인지 병원에도 데려가지 않았더군요. 그런데 왜 그런 거액을 주었을까요?"

"그거야 보모가 술주정뱅이가 깽판을 치니까 괜한 구설수에 오를까 봐……."

"혹시 음주 운전이었을 수도 있지요."

"……!"

"그게 아니면 보호자가 만취 상태?"

"보호자가 만취인 게 이사님 하고 무슨 상관입니까?"

"상관이 있죠."

"……."

"아시잖습니까? 심신미약자와의 계약은 경우에 따라 무효가 될 수도 있다는 거."

"……!"

"뭐 내가 잘못 생각하는 거라면 이사님 말씀 듣고 의뢰인에게 소를 제기할 조건이 못 된다고 설득할 수도 있습니다만."

창규는 변호사에게 여지를 남겨주었다. 막장으로 몰아넣으면 괜한 오기를 부릴 수도 있었다.

"이사님께 의사를 여쭤보죠."

변호사가 다시 자리를 떴다.

300만 원과 양동구.

어쩌면 하자가 없는 합의일 수도 있었다. 하지만 가능성의 하나로 짚어두었던 창규. 패를 먼저 보여준 것이다. 사실 창규가 증명해야 할 팩트는 그것들이었다.

1) 복합부위통증 증후군과 교통사고의 인과관계.

2) 양동구의 심신미약 상태의 계약.

3) 가해자의 음주 운전.

소송으로 간다면 이들 중 1)항은 무조건적으로 공감을 받아야 했다. 그러나 2)항 3)항은 입증 자체가 어렵다. 양동구는 사망했고 사고 발생은 2년이나 지난 것이다.

딸깍!

문소리와 함께 변호사가 들어섰다. 그 뒤로 변재호가 등장했다. 아우디 외제 세단을 탄다기에 귀공자 스타일일까 싶었지만 그 반대였다. 면바지에 셔츠, 그 위에 재킷을 걸친 캐주얼한 스타일로 금수저보다는 흙수저에 가까운 이미지였다.

"교통사고 때문에 오셨다고요?"

변호사가 앉았던 자리에 그가 앉았다.

"예."

"그 얘기라면 현장에서 다 끝난 일입니다만……."

"하지만 아이가 후유증이 생겼습니다."

"합의서 보시면 후유증에 대한 보상도 일체 갈음한다는 문구가 있을 겁니다. 그쪽도 동의를 한 사안이고요."

"계약보다는 사람이 우선 아닙니까? 이 아이는 장애인 엄마와 단둘이 살아 치료비는커녕 병원도 못 다니는 형편입니다."

"그들이 가난한 건 교통사고와는 별개의 문제로 보입니다만."

"팩트를 말씀드리자면 병원비만 책임져 주시면 소송까지 갈 생각은 없습니다."

"저도 팩트를 하나 말씀드리자면 이런 소소한 건을 빌미로 찾아와 손 벌리는 사람이 일 년에 100명도 넘는 실정입니다."

거절 패가 나왔다.

―합의 실패.

창규에게 필링이 전해왔다. 별수 없이 쌍식귀 사용권을 뽑는 창규였다.

부탁한다.

창규가 변재호를 향해 쌍식귀를 띄웠다.

[2년 전 교통사고]

사고 시점을 택했다. 그랬더니 파일이 좌라락 올라왔다. 무려 여섯 개였다. 이 인간 2년 전 야기한 교통사고가 무려 여섯 건이었다.

'하긴······.'

짐작이 갔다. 아까 본 과태료와 범칙금 통지서 때문이었다. 운전을 신중하게 하는 사람이라면 그만한 쪽지를 받을 수가 없는 것이다.

하지만 태산명동 서일필(泰山鳴動 鼠一匹)이다. 소문난 잔치 먹을 거 없다더니 태산이 준동한 후에 쥐 한 마리 태어난 꼴이었다.

하나하나 뜯어보았다. 여섯 건의 교통사고 중에 인명 사고가 세 건이었다. 다행인지 불행인지 큰 중상은 없었다. 명화 사고는 와인 파일 속에 들어 있었다.

와인.

음주 운전이라는 팩트.

일단 첫 리딩부터 장타를 때리는 창규였다. 혈관이 짜릿했지만 차분하게 기원 파악에 들어갔다. 변호사까지 동행하고 있으니 작심하고 나온 인간. 섣불리 건드렸다가는 겹겹의 방어막 속으로 기어들어 갈 소지가 높았다.

[당일 와인]

리딩을 조금 앞쪽으로 당겼다. 술이 나왔다. 고급진 와인 바였다. 여자와 둘이었다. 여자는 차돌타이어 전속 홍보 모델 류샤미. 가슴을 강조하는 상의에 허벅지가 터질 것 같은 스키니를 입은 채 다리까지 꼬고 와인을 받아 마셨다. 척 봐도 남자 홀리는 각이었다.

"오늘 촬영 어땠어요?"

변재호가 와인을 따르며 물었다. 시선은 그녀의 가슴골과 허벅지를 뚫어댄다. 눈빛으로는 벌써 모델을 수십 번 벗기고도 남았을 변재호였다.

"부장님 덕분에 좋았어요."

모델이 답했다.

"한잔 마셔요. 샤미 씨를 위해 특별히 주문한 와인입니다. 이게 값이 좀 되거든요."

"고마워요."

"매니저 말이 다음 스케줄 없다던데 와인 한잔하고 제 별장에 가시죠. 이렇게 비가 내리는 날이면 정원 꽃밭이 끝내주거든요. 거기서 커피 한잔 때리면 천국이 따로 없죠."

"정말요?"

"예, 이번 주가 족두리꽃 만발 시기예요. 족두리꽃 아세요?"

족두리꽃.

변재호의 강세는 묘하게도 앞 글자에 실렸다.

"아뇨. 제가 아는 건 장미하고 칸나, 국화와 목련?"

"족두리꽃은 묘한 매력이 있는 꽃이랍니다. 샤미 씨 이미지하고도 많이 닮았어요."

"어머, 정말요?"

"그럼요. 한번 보면 꽂힐 겁니다."

"아쉽다. 저 실은 약속 있어요."

"예?"

"매니저님에게도 말씀 못 드렸는데 저희 외할머니가 요양원 계셔요. 오늘이 생신이거든요."

"아, 예……."

변재호의 눈빛이 풀썩 주저앉았다. 잘나가다가 삼진을 먹은 꼴이었다.

"와인 한잔 더 주시겠어요? 정말 향이 좋네요."

"예… 얼마든지……."

변재호의 음성은 심드렁하게 변해 버렸다.

"오늘 비싼 와인 정말 감사합니다."

모델은 제 손으로 앞가슴을 가린 채 물러갔다. 그녀가 히프를 살랑거리며 멀어지자 변재호의 손이 테이블을 후려쳤다.

"이런 썅!"

핏대가 오른 그는 남은 와인을 다 비워 버렸다. 그렇잖아도 작업을 위해 음주(?) 모범을 보이던 변재호, 몇 잔 더 들이키자 술기가 올랐다. 그는 핸드폰을 뒤졌다. 이미 발동이 걸린 수컷의 음경. 다른 먹잇감이 필요했다. 눈높이를 낮춘 그는 다음 먹잇감에게 약속을 받아냈다. 계산을 하고 밖으로 나왔다. 카드 계산서를 보니 자그마치 69만 원. 숫자까지 눈에 거슬리는 변재호였다.

변재호는 거침없이 차에 올랐다. 원래는 대리를 불러야 하는 상황이었다. 하지만 대낮에다 비까지 내리니 음주 단속 할 경찰이 있을 리 없다고 생각해 버렸다. 시계를 본 변재호는 마음이 급해졌다. 강북까지 30분 만에 가겠다고 약속을 한 것이다. 과격하게 출발을 한 그가 골목의 작은 사거리를 돌았을 때였다. 그 앞에 알짱거리는 우산이 보였다. 본능적으로 브레이크를 밟았다.

'사고인가?'

순간적으로 피가 역류를 했다. 그런데 우산이 움직이고 있었다. 자세히 보니 꼬마 여자아이 명화였다. 아이는 주저앉은 채 울음을 터뜨렸다.

"야, 괜찮냐?"

야밤이 아니니 뺑소니도 할 수 없는 상황. 차에서 내려 명화를 살폈다. 동시에 목격자도 살폈다. 당장은 아무도 본 사람이 없는 것 같았다.

"괜찮냐고?"

다시 묻자 명화가 고개를 끄덕였다. 그 대답은 다시 변했다. 엉덩이를 만지더니 거기가 아픈 것 같다고 했다. 넘어질 때 손목을 짚었기에 손목도 조금 아프다고 했다. 그때 등장한 게 양동구였다. 심부름을 보낸 명화가 오지 않자 나왔던 것이다. 명화가 걱정되어서가 아니라 빨리 라면을 먹을 생각이었다. 그 눈에 이 현장이 들어왔다.

"뭐야? 너 우리 딸 치었어?"

양동구는 눈알부터 뒤집고 들었다.

"그, 그게……."

"저 차가 너 치었어?"

이번에는 명화를 흔들며 윽박지르는 양동구. 겁에 질린 명화가 눈물을 쏟으며 고개를 끄덕거렸다. 양동구는 명화를 밀치고 차 앞으로 나섰다.

"으아, 차 죽이네. 이게 말로만 듣던 외제 차?"

"……."

변재호는 '아 씨발'이라고 쓰인 표정을 애써 참았다.

"여보쇼? 돈 좀 있나 본데, 돈 많으면 남의 딸을 막 치어도 되는 거요?"

"그게······."

"게다가 횡단보도네?"

횡단보도!

그제야 창규도 눈길을 돌렸다. 변재호의 차량이 명화를 치는 것에 몰두하느라 미처 보지 못한 단서. 차량이 멈춘 곳은 정말 횡단보도였다. 비록 동네의 작은 사거리라지만 흰색 라인이 또렷했다.

"미안하게 되었습니다."

변재호가 고개를 숙인 채 대답했다. 와인의 술기운이 드러날까 두려웠던 것이다. 그러자 양동구가 기세를 올리며 대들었다.

"미안하면 다야? 다냐고?"

"······!"

변재호의 미간이 확 좁혀졌다. 이 인간, 이제 보니 맛이 간 상태였다. 자기보다 몇 배나 더 심각한 술 냄새였다. 어떻게든 무마하려는 생각에 지갑을 꺼내들었다.

"이거면 될까요?"

얼떨결에 뽑아 든 100만 원 수표 한 장. 하지만 양동구의 눈은 남은 두 장에 꽂혀 있었다.

'옳지.'

변재호의 머리가 돌기 시작했다. 보아하니 개차반 아버지.

돈을 보더니 눈알이 뒤집히고 있다. 그렇다면 이 현장을 빠져나갈 방법이 있을 것 같았다.

"저… 비가 오니까 일단 차에서……."

변재호는 양동구를 아우디 안으로 욱여넣었다. 명화도 안아다 그 옆에 앉혔다. 합의서를 내밀었다. 교통사고를 종종 내는지라 조수석에 여유분이 있었다. 변호사의 자문을 얻어 자신에게 일방적으로 유리하게 꾸민 것이었다.

양동구의 시선 앞에서 300만 원이 흔들렸다. 양동구는 취해서 볼펜을 세 번이나 떨어뜨린 후에야 겨우 사인을 했다. 다친 아이를 두고 두 말종이 자기 이익만 취하는 순간이었다.

더 분노가 치미는 건 그다음이었다. 변재호는 유유히 현장을 떠나갔다. 양동구 역시 아버지답지 않은 말은 남기고 명화에게서 멀어졌다.

"집에 가 있어. 이년아!"

그의 머리에 든 건 300만 원의 거금이었다. 돈이 없어 깡소주 아니면 뒷골목의 5천 원 안주로 때웠던 추레한 술상. 오늘은 간만에 여자 있는 술집에서 양주 한 병 빨 생각이었다. 명화는 혼자 남았다. 쌀 봉지는 터져 흩어져 있고 라면 봉지도 저 혼자 뒹굴었다. 명화는 우산을 주워왔다. 넘어질 때 충격으로 한쪽이 찌그러진 우산은 더 이상 우산이 아니었다. 그래도 다 챙겨가지 않으면 아버지에게 혼날까 봐 쌀을 주워 모으는 명화. 어린 몸을 움직일 때마다 머리와 엉덩이, 손목이 시큰거렸다.

슬픈 장면.

그러나 리딩 속 장면이라 창규가 도울 수도 없는 일. 그래도 가엾은 명화에게 도움의 손길은 있었다.

편의점 직원 복장을 한 아가씨가 다가와 쌀을 주워 담는 걸 도와준 것. 아가씨는 찌그러진 우산까지 펼쳐서 명화 손에 들려주었다.

"고맙습니다."

꾸벅 인사를 한 명화가 비를 향해 걸어갔다.

"젠장!"

리딩의 끝에서 욕설이 튀어 나왔다. 어떻게 인간들이 저럴 수 있단 말인가? 한 사람은 아버지요, 또 한 사람은 상류층 인사라는 인간이……

"뭐요?"

욕설을 들었는지 변재호가 눈빛에 각을 세웠다.

"명화 아버지 말입니다. 인간 말종이군요."

응수하면서 사무장에게 문자를 보냈다. 한 가지 확인할 게 있었다.

"아시네."

변재호가 긴장을 풀며 대꾸했다.

"그런 말종을 상대로 사기 합의를 본 사람은 더 말종이겠죠."

"뭐요?"

"아닙니까?"

창규의 시선이 변재호를 겨누었다. 칼날처럼 벼린 눈빛이었다. 이대로 승부를 보겠다는 의지의 표현이기도 했다.

"아니, 이 사람이 진짜… 당신 이러다 명예훼손으로 한 방에 훅 가는 수가 있어."

"누가 한 방에 가는지 한번 해볼까요?"

창규 눈에 불덩이가 이글거리기 시작했다.

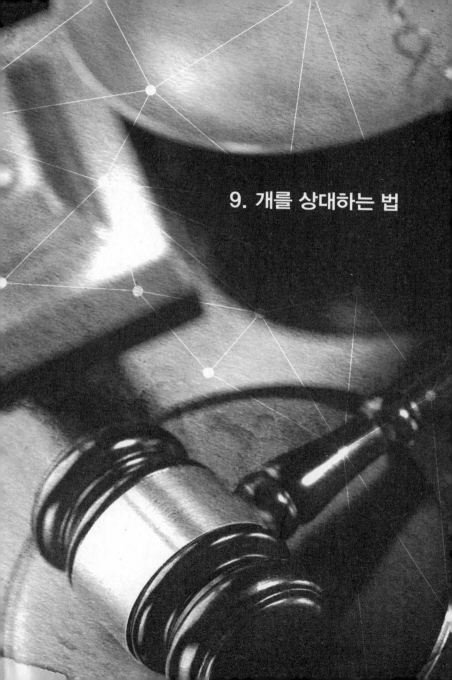

9. 개를 상대하는 법

"뭐야?"

"변재호, 당신… 2년 전 사고 당일 오후 2시… 음주 운전이었지? 음주량은 와인 한 병 반. 마신 시간은 오후 1시부터 1시 50분까지. 상대는 타이어 홍보 모델 류샤미."

"……?"

"뭐 모델이랑 친해지지 못한 거 같으니 시간과 술 마신 거야 확인하면 나올 일이고……."

"……."

"작업 한번 해보려고 했는데 여자가 외할머니 생일이라고 뺀

찌를 놓았어. 그래서 열받아서 남은 와인을 다 마시고 대타로 다른 모델 손다래와 약속을 잡고 과속하다 일어난 일이잖아?"

"……!"

"사고 장소는 횡단보도. 게다가 여덟 살 어린아이. 이거 이번에는 된통 걸렸구나 싶었는데 마침 같은 말종과인 명화의 아버지가 나타났어. 술에 떡이 된 채 말이야!"

"……"

"그래서 잘 됐구나 차 안에 쑤셔넣고 100만 원권 수표 세 장으로 녹였지? 말도 안 되는 일방적인 합의서로 말이야."

"……"

"내 말이 틀렸나? 음주에 횡단보도… 게다가 잔뜩 피가 쏠려 있는 거시기… 그래서 어린아이를 치고도 자리 모면 하기 바빴던 거였지."

"이봐!"

침묵하던 변재호가 탁자를 내리쳤다.

"할 말이 있으면 해보시지."

창규는 눈알도 꿈뻑하지 않았다.

"듣자 듣자 하니 정말… 당신 말 다 녹음했어. 이거 명예훼손의 명백한 증거라고. 양자 사이의 녹음은 불법이 아니라는 것쯤은 변호사니까 잘 알 테고."

"계속해 보셔. 나도 이제부터 녹음할 테니."

창규가 핸드폰의 녹음 기능을 눌렀다. 잠시 뻘쭘해하던 변재호가 다시 기세를 이어갔다.

"녹음을 하든 말든 상관없는데 당신 말은 다 소설이야. 나는 그날 술 같은 거 마시지도 않았고 거긴 횡단보도도 아니거든. 내 말이 의심스러우면 현장에 가보든지!"

변재호가 다시 탁자를 후려쳤다. 그때 창규 핸드폰에 문자가 들어왔다. 사무장의 응답이었다.

오케이!

확신을 가진 창규가 다시 압박을 이어가기 시작했다.

"생각보다 지능적이지 못하시군. 하긴 당신이 유리하긴 하지. 일단 2년의 시간이 흘렀고, 합의를 본 사람은 죽고 없어. 게다가 2년 동안 피해자는 한 번도 이의를 제기하지 않았고."

"아네."

변재호가 이죽거렸다.

"하지만 이걸 생각해야지. 시간은 흘러도 기록은 남는다는 거."

"기록?"

"당신, 변호사라고 했지. 그럼 이제부터 내 말 같이 잘 듣고 당신 목줄 쥐고 있는 이사님께서 이해를 못 하시거든 잘 해석해 주라고."

"……."

창규는 변호사를 주지시켰다.

"음주 팩트는 너무 간단해. 당신이 2년 전 사고 당일에 계산한 신용카드 전표를 보면 결재내용과 시간, 장소가 나와 있겠지. 안 그런가?"

"......!"

첫 번째 돌직구가 변재호의 심장을 강타했다. 너무나 상식적인 일에 허를 찔린 변재호의 이마에 식은땀이 흐르는 게 보였다.

"두 번째, 횡단보도 팩트는 구청에 있더군. 그 당시에는 횡단보도 실선이 있었는데 이후에 도로포장을 하면서 없애 버렸어. 그래서 지금은 안 보일 뿐이지 교통관리 장부에는 남아 있지. 다시 말하지만 사고는 그때 일어난 거지 오늘 발생한 게 아니거든."

"......?"

"세 번째와 네 번째 팩트도 있는데 미리 예고해 드리지. 세 번째는 합의서에 도장을 찍은 보호자가 술에 만취해 심신미약 상태였다는 거야. 낮부터 함께 술을 마신 사람과 술집을 아니까 거기 가서 확인을 받아다 드리지. 그리고 마지막 네 번째 팩트!"

말을 잠시 끊으며 두 사람을 바라보는 창규. 둘은 이미 썩은 우윳빛 얼굴로 변색된 채 파르르 경련하고 있었다.

"목격자가 있어. 그것도 준비해서 보여 드리고……."

"……."

"이건 선물이오. 보시면 알겠지만 이 진단서는 동네 병원에서 뗀 것이 아니거든. 자신 있으면 법원에서 만나자고. 우린 내일 정식으로 소송을 제기할 테니까."

자리를 털고 일어선 창규가 진단서를 던져놓았다. 그대로 휴게실을 나왔다.

패를 먼저 보였다.

어떻게 보면 손해 보는 짓일 수도 있었다. 하지만 처음과 두 번째 팩트는 불변의 것이기에 상관이 없었다. 세 번째 역시 피해자 쪽 일이니 상관없는 일. 마지막 네 번째는 변재호가 모르는 사람. 이제 와서 2년 전 사고의 목격자를 대놓고 찾을 수도 없을 일이기에 터뜨려 버린 것이다.

땡!

엘리베이터 문이 열렸다. 창규가 막 탑승했을 때 휴게실 쪽에서 외마디 욕설이 들려왔다.

"씨발!"

변재호의 목소리였다. 어쩌면 그에게는 창규가, 씨발 같은 인간일 수 있었다. 창규가 들이민 팩트들이 사실이기 때문이었다.

"어때?"

변재호가 변호사를 바라보았다.

"뭐 말입니까?"

"몰라서 물어? 저 새끼 말이 다 사실이면 내가 어떻게 되는 거냐고!"

변재호가 핏대를 올렸다.

"그게……."

"뭐가 그게야? 속 시원하게 말해봐!"

"다 사실이면 합의는 원천 무효가 될 가능성이 높습니다."

"사인을 받았는데도?"

"하지만 만취라면……."

"이런 씨발!"

변재호가 진단서를 집어 던졌다. 그 후로도 그는 몇 번이고 씨발을 외쳤다. 잘 넘어간 불행이 뺑튀기가 되어 닥쳐올 때의 심정이 딱 지금이었다. 올 초 그는 겨우 이사로 승진을 했다. 그동안 회장인 아버지 눈 밖에 났던 변재호. 승진을 위해 겨우 마음잡은 척 쇼를 하던 중이었다. 그렇기에 차도 국산 중형차로 바꾸고 옷차림도 수수하게 바꾼 변재호.

'아버지가 알면……'

모든 게 모래성에 신기루.

변재호의 스트레스는 폭발 직전까지 치닫고 있었다.

*   *   *

"변호사님!"

사무실로 돌아오자 미혜가 창규를 반겼다.

"손님이 왔어요."

"손님?"

창규가 회의실 쪽으로 시선을 돌렸다. 그 안에 있는 건 장혜교였다.

"30분도 넘었어요. 변호사님 기다리신다고 하시길래 커피는 넉넉하게 대접해 드렸어요."

"수고했어."

창규는 미혜를 격려하고 회의실 문을 열었다.

"어머, 강 변호사님."

뭔가를 보고 있던 장혜교가 고개를 들었다.

"오신다고 말씀을 하시죠. 오래 기다리셨다면서요?"

"소송 건 때문에 나가셨다길래 방해될까 봐서요."

"그래도 그렇죠. 이러면 제가 미안하잖아요."

"절대 미안하지 않으셔도 됩니다. 강 변호사님은 그럴 자격 있어요."

장혜교가 웃었다. 이제는 확실하게 건강해진 모습이었다.

"그나저나 웬일로……?"

"저번에 부탁하신 거 있잖아요? 손대웅이나 이강풍 씨……."

"어, 그 사람들 소재 찾으셨어요?"

"이강풍 씨 쪽인데요. 마침 저희 박물관이 호감을 갖을 만한 물건을 가지고 딜을 해왔어요. 하지만 지금은 중국 쪽에 있다더군요."

"그래요?"

"어때요? 만나보시겠어요? 곧 들어올 예정인데……."

"그래도 될까요?"

"뭐 어렵겠어요? 저희 직원인 척하고 같이 만나시면 되죠."

"그렇게만 해주시면……."

"그런데 무슨 일인지 귀띔 좀 안 될까요? 뭔지 알아야 저도 박자를 맞춰드리죠."

"별거 아닙니다. 아버지께서 이따금 말씀하시던 분이라 호기심이죠. 더 자세한 건 제가 뵙고 나서 소감을 말씀드리겠습니다."

"그러세요. 그럼 1주일 후로 잡아도 될까요? 이강풍 씨가 그때쯤 한국에 나오는데 오래 머물지는 못하는 모양이에요."

"저는 관계없습니다. 관장님이 정하시면 무조건 따르겠습니다."

"그럼 저녁 시간으로 잡을게요. 낮에는 변호사님이 법정을 가실 수도 있으니."

"그래주시면 더 고맙죠."

장혜교는 변호사의 동선을 알고 있었다. 전 남편이 변호사였으니 당연한 일이기도 했다.

"뭐 좋아하세요? 기왕이면 변호사님 좋아하는 메뉴로 택하고 싶어요."

"웬걸요? 저야 객이니 관장님 마음대로 하세요."

"어유, 한 번도 양보를 안 하시네. 그럼 그냥 중식당으로 잡을게요. 이강풍 씨가 베이징 카오야를 좋아한다고 하더라고요."

"그러세요."

창규는 정중한 인사로 장혜교를 보냈다.

이강풍…….

백자 항아리를 보며 그 이름을 생각했다. 이름만 떠올려도 나란히 따라오는 어머니와 아버지. 그 어머니가 말한 사람. 아버지를 사지로 몰아넣은 손대웅과 이강풍. 그건 사실일까? 그렇다면 이강풍은 어떤 사기를 친 걸까? 상상만으로도 창규의 온몸에 짜릿함이 스쳐갔다. 어쩌면 아버지라는 사람에 대해, 그분의 발자취에 대해 제대로 알 수 있는 기회가 될 것도 같았다.

그때 사무장이 다가왔다.

"변호사님!"

창규가 돌아보자 고순희가 눈에 들어왔다.

"변호사님……."

"웬일이세요?"

"방금 어떤 변호사가 댁에 다녀갔답니다. 그런데 변호사님

이 사기꾼이라고 수임 계약을 해지한다는 확인서하고 새 계약
서에 지장을 받아갔다네요."

사무장이 설명을 붙여왔다.

"뭐라고요?"

"동네 통장님, 반장님하고 같이 왔는데 보이스피싱인가 뭔
가를 들먹이며 변호사님이 사기 변호사라고… 저하고 명화를
공짜로 치료까지 알선한 분이 그럴 리 없다고 항변했지만 그
게 바로 사기꾼 수법이라며… 반장님과 통장님 말이 당장 계
약을 해지하지 않으면 명화가 보상받을 길이 없어진다고 정신
없이 몰아치는 바람에 넋이 나가서 그만… 그런데 다시 생각
해 보니 아무래도 변호사님께 말씀드려야할 거 같아서……."

"……!"

고순희의 설명에 창규 입이 쩌억 벌어졌다. 보지 않아도 변
재호 쪽의 본질 흐리기 장난으로 보였다.

"죄송해요. 현금 3천만 원을 내놓는 바람에 제가 그만… 아
휴. 내가 미쳤지. 그때 뭐가 씌인 모양이에요."

"아닙니다. 어머니는 잘못이 없습니다. 자기 잘못 반성 안
하고 술수로 넘어가려는 변재호 잘못이지요."

"계약서 받아간 변호사 거예요."

고순희가 명함을 내놓았다. 차돌타이어의 변호사는 아니었
다. 중간에 다른 변호사를 내세움으로써 책임을 피해가려는

획책. 나름 잔머리를 돌린 것이다.

"그건 그렇고 남편분께서 명화 사고 당일 날 낮술 마신 술집 말입니다. 우리 직원이랑 가서서 거기 좀 알려주시고요, 함께 술 마신 분의 거처도 좀 부탁드립니다."

외상 장부를 확보하려는 것이다. 그 또한 만취의 증거가 될 수 있었다.

"그거야 어려울 거 없지만……."

고순희가 울상을 지었다.

"사무장님. 변재호 민사소송 제기하려던 서류 좀 가져오세요."

창규가 책상에 앉으며 말했다.

"소송 신청 연기하시게요?"

"아뇨."

"그럼?"

"지금 청구액이 얼마죠?"

"명화의 치료비하고 향후 손실액을 합쳐 10억요."

"세 배로 올리시고 관련 자료 좀 전부 챙겨놓으세요."

"네?"

"세 배! 그리고 중간에 나선 그 변호사라는 인간, 사무실도 알아주세요."

창규가 잘라 말했다. 어찌나 단호한지 사무장은 입도 벙긋하지 못했다.

그길로 민선욱과 조일산에게 전화를 걸었다. 상류층 사람들은 서로 교분을 나눈다. 민선욱은 몰라도 조일산은 같은 기업인. 친분이 있을 수 있었다. 예상이 맞았다. 변상철은 조일산의 대학원 동기였다. 게다가 최고경영자 과정도 함께 공부한 지인 사이.

"나하고 사석에서 호형호제하는 사이입니다."

조일산의 한마디가 반갑기 그지없었다.

'개처럼 나온다면 개로 대우해 주는 수밖에!'

조일산에게 자초지종을 설명했다. 조일산은 창규를 도와주기로 약속했다.

그다음으로 고순희가 가져온 계약서를 보았다. 거기 변호사의 인적사항이 보였다. 창규는 진격의 창을 그 이름에 꽂았다.

똥오줌 못 가리고 나서는 변호사라면 고려의 가치도 없었다.

"긴장되세요?"

창규가 물었다.

"조금요."

"저만 믿고 마음 단단히 가지세요. 마음이 약해지면 병원의 명화 생각하시고."

"알겠어요."

고순희가 고개를 끄덕거렸다. 변재호가 근무하는 차돌타이어 빌딩 앞이었다. 둘은 지금 변호사 김한준을 만나고 오는 길이다. 고순희에게 기망의 수법으로 계약을 취한 변호사. 그 사무실로 달려가 제대로 손을 봐주었다. 그는 똥오줌을 찔끔 거리며 두 손을 들었다. 그리고 스탠바이 상태가 되었다. 창 규 명령을 기다리는······.

딸각!

휴게실 문이 열렸다. 변재호가 바람을 일으키며 들어왔다. 창규는 태연히 고개를 세웠다. 옆의 고순희는 어깨를 움츠렸 다. 그렇게 마음을 다잡고 왔지만 상류층에 대한 위압감은 어 쩔 수 없는 모양이었다.

"이것들 뭐야?"

변재호는 의기양양한 모습으로, 수행 중인 변호사를 돌아 보았다.

"구걸이라도 하러 왔나 본데요?"

변호사가 충성스럽게 이죽거렸다.

"한 가지, 추가로 통보할 게 있어서 왔습니다만."

창규가 계약서를 꺼내놓았다. 고순희가 얼떨결에 사인해 준 새 계약서였다.

"추가 통보?"

변재호가 냉소를 뿜었다.

"지난번에 말씀드린 것에 이 계약서를 추가합니다. 피해자 를 두 번 울린 위계와 기망에 의한 계약."

"뭐라고?"

변재호는 한껏 비웃으며 계약서를 변호사에게 넘겼다.

"따끈한 계약서군요? 김한준이라… 저 여자분이 변호사를 바꾸었군요. 그렇다면 당신은 이제 아무것도 아닌 것 같습니다만."

변호사가 회심의 미소를 지었다.

"김병곽!"

창규가 변호사를 쏘아보았다. 대우해 주던 지난번과는 다른 눈빛이었다.

"나?"

"나도 한 때는 똥오줌 못 가리고 헤매던 때가 있었지. 하지만 아무리 어려워도 변호사의 양심은 팔지 않았어. 그런데 치졸하게 이런 수를 써?"

"무슨 소리를 하는 거야?"

변호사가 발끈하고 나섰다.

"김한준은 당신 후배 변호사잖아? 청담동 다이다이 바에서 부탁했다지? 어리바리한 아줌마 혼 빼서 3천 안겨주고 계약서 찍어오면 1,000만 원 주겠다고?"

"……!"

창규가 맥을 짚어놓자 변호사는 사색이 되었다.

"나 참, 저기 변재호 이사에게는 배달비로 2천만 원 배팅하겠다고 약속했잖아? 그래놓고 반은 중간에서 꿀꺽?"

"……!"

"여기 계약서에 찍힌 이 변호사… 찌질한 브로커 짓으로 유명하더군. 이름 빌려주고 커미션 받거나 집단 소송에 한 다리 걸치고 보상비나 빼먹는……."

"지금 무슨 소리를 하는 거야?"

"듣고도 모르나? 당신이 변재호 씨에게 낸 충성의 아이디어. 내가 간 후에 둘이 룸살롱에서 대책 회의를 하면서. 어디 보자… 룸살롱 이름은 로즈피아… 이독제독이라고 나 같은 브로커는 진짜 브로커로 눌러야 한다고?"

"당신 뭐야? 지금 우리를 도청한 거야?"

"천만에. 당신이 매수한 변호사가 나에게 양심 선언을 했거든."

"……!"

변호사가 주춤 물러섰다.

"이사님, 거짓말입니다. 그럴 리가 없습니다."

변호사가 애써 둘러댔다.

"뭐가 거짓말이라는 거야? 그 변호사가 나에게 양심 선언을 한 거? 아니면 당신이 천만 원 꿀꺽한 거?"

창규가 올가미 줄을 슬쩍 조였다.

"이봐, 강창규 변호사."

노려보던 변재호가 입을 열고 나섰다.

"수작 그만 부리고 꺼져. 내가 검찰에 지인이 좀 있거든. 당신 같은 악질 브로커는 한 방에 훅 보낼 수도 있어."

"변재호 씨."

창규가 변재호를 바라보았다. 서늘한 광기에 충만한 눈빛이었다. 쌍식귀를 몰아치는 신안(神眼)의 창규. 지금이 딱 그런 눈빛이었다.

"……?"

기세에 눌린 변재호가 미간을 찡그렸다.

"기회를 주겠다."

"기회?"

"새로 만든 소장이야. 이대로 배상해 주면 다 없었던 일로 하고 물러가 주지."

창규가 서류 한 장을 더 던져놓았다.

"뭐… 뭐야? 원래의 청구액에서 세 배?"

"고순희 씨를 두 번 울린 위자료에 내 시간낭비 비용까지 추가된 금액이야."

"이 새끼가 정신 줄을 쌈 싸먹었나?"

변재호가 소장을 집어던졌다.

"거절이군?"

"오냐. 미안하지만 사태를 제대로 좀 파악하고 덤벼. 넌 더 이상 저 여자 변호사가 아니야. 합의를 해도 새로 계약한 변호사와 할 거거든."

"그 변호사 불러 드리지."

"......?"

변재호가 주춤하는 사이에 창규가 전화를 걸었다.

"지금 올라와 줘야겠어."

핸드폰을 닫은 창규 눈에서 찬바람이 불었다. 그 바람이 그치기 전에 김한준 변호사가 들어섰다. 후줄근한 패잔병의 꼴이었다.

"김 변......"

차돌의 변호사 입이 벌어졌다. 그가 등장해서는 안 되는 상황이었던 것이다. 당황하는 사이에 창규는 동영상 버튼을 눌러놓았다.

"미안합니다. 선배님. 전 이 일에서 손 떼겠습니다."

김한준이 쇼핑백을 건네주며 말을 이었다.

"심부름 대가로 받았던 4천만 원입니다."

그는 서류 하나를 꺼내 그 자리에서 찢었다. 고순희에게 찍어간 수임 계약서의 원본이었다.

"김, 김 변?"

"그럼......"

김한준은 창규를 향해 꾸벅 인사를 하고 나가 버렸다. 그럴 수밖에 없었다. 그를 찾아간 창규가 비리 상황을 차곡차곡 읊어준 것. 협조하지 않으면 바로 검찰에 전화를 때리겠다고 하자 오줌을 지리며 항복을 선언한 김한준이었다.

"이제 나하고 협의해도 되겠지? 고순희 씨의 변호인은 내가 유일하니까."

동영상을 끈 창규의 시선이 변재호를 겨누었다.

"이런… 쌍."

"합의 계속할까? 기회 말이야. 일 분 주지."

"아니, 그런데 이 자식이 돌았나?"

변재호가 상의를 걷어 올리며 핏대를 올렸다.

"거절이군?"

"오냐. 거절이다. 니가 뭘 모르는 모양인데 우리 회사 변호사 라인이 보통인 줄 알아? 전관예우 받는 사람만 해도 둘이나 된다고. 어디서 합의 끝난 교통사고 따위를 가지고 깝쳐?"

"진심?"

"오냐!"

"오케이, 당신은 마지막 기회를 찬 거야."

창규가 다시 전화를 꺼내들었다. 이번 수신자는 조일산이었다. 사전에 이미 조율이 되었던 내용. 그걸 집행해 달라는 부탁의 전화였다.

"이 새끼가 누굴 협박하려는 거야? 야, 너 진짜 변호사 밥그

룻 쪽박 나게 만들어줘?"

"할 수 있으면. 하지만 그 전에 당신 밥그릇이 먼저 박살 날 거야."

"이런 쌍놈의 쉐리가!"

흥분한 변재호가 창규의 멱살을 쥐었다. 순간 문 쪽에서 불호령이 떨어졌다.

"지금 무슨 짓이야?"

"……?"

뒤돌아본 변재호는 사색이 되었다. 그의 아버지 변상철 회장이 들어선 것이다.

"아, 아버지?"

"아버지?"

"회, 회장님!"

"그 손 당장 놓지 못해?"

"회장님, 이놈은 사기꾼 브로커로서……."

쫘악!

변재호의 설명이 끝나기도 전에 허공에 파찰음이 울려 퍼졌다.

"회장… 님……."

"사기꾼? 사기꾼은 네놈이잖아?"

"예?"

"내 지인을 통해 자세히 들었다. 네놈이 언젠가는 내 얼굴에 똥칠할 줄 알았어."

"회장님……."

"대낮에 술 마시고 음주 운전 한 것으로도 모자라 어린 꼬마를 치고서 술 취한 아버지 붙잡고 강제 합의를 봤어? 그것도 횡단보도 위에서?"

"……!"

"에라이, 못난 놈아."

변상철이 팩스 서류를 집어던졌다. 그건 창규가 조일산에게 보낸 것이었다. 그걸 조일산이 변상철에게 보내며 자초지종을 설명한 것.

"강 변호사님?"

변상철이 창규에게 다가섰다. 고순희와 함께 일어선 창규가 정중하게 맞인사를 올렸다.

"조 회장님께 말씀 들었습니다. 이거 면목 없게 되었습니다. 그리고 피해자 어린이와 어머니에게도……."

"아닙니다. 수고를 끼쳐 죄송합니다. 아드님과 조용히 해결하려고 했는데 질 나쁜 변호사를 매수해 본질을 호도하려 하기에……."

창규가 슬쩍 기름을 부었다. 이 건은 변상철도 모르는 내용이었다.

"뭐야? 변호사 매수? 회사에 변호사가 없어서?"

변상철이 변재호를 노려보았다.

"그, 그게… 저 사기꾼 변호사가 원하는 돈이 터무니가 없어서……."

"네놈은 이분이 누군지 알기나 하고 하는 소리야? 이분이 바로 총리 뇌물 공판에서 조 회장님 결백을 밝혀준 그 변호사시다. 그런데 뭐 사기꾼?"

"……!"

변재호의 눈알은 한 번 더 뒤집혔다. 그제야 생각이 났다. 그 공판이 끝난 후에 부자(父子)가 가진 미팅. 그때 변상철이 한 말.

"조 회장이 법신(法神)이라도 만나신 모양이다. 기회 되면 너도 그런 사람과 교분 좀 나누도록 하거라."

법신으로 칭송받던 젊은 변호사.

그게 바로 강창규였던 것이다.

"못난 놈. 시도 때도 없이 술이나 처먹고 여자나 후리고. 그래도 혈육이라고 자리 하나 주면 달라질까 이사 한자리 안겼더니 똥오줌 못 가리다니……."

"회장님……."

"강 변호사께서 청구하신 금액의 한 푼도 어김없이 지불하도록 하거라. 큰절과 함께."

"아버지, 그게……."

"돈 모자라면 작년에 네 앞으로 물려준 문래동 건물이라도 팔아!"

땅땅땅!

창규 귀에는 변상철의 말이 판사의 선고처럼 들렸다. 그것도 대법원의 최종심 선고. 그때까지도 변재호는 반쯤 넋이 나간 채 허덕거렸다. 괜한 실드를 치다가 한 방에 가버린 신세였다. 오줌을 지리지 않은 게 다행이었다.

"명화야… 이것아. 변호사 선생님이 이겼어. 네 치료비를 받게 되었다고."

상생병원으로 달려온 고순희가 명화 앞에서 울먹거렸다.

"변호사 선생님."

명화가 고순희 옆의 창규를 바라보았다.

"몸은 어때?"

"많이 좋아졌어요. 고맙습니다."

명화가 웃었다. 처음 올 때보다는 많이 밝아진 표정이었다.

"이 은혜를 어떻게 갚는다죠?"

고순희가 창규를 바라보았다.

"은혜라뇨? 명화가 당연히 받아야 할 권리입니다."

"그래도… 그렇게 많은 돈을 받게 해주시고… 제 생각에는 변호사님이 반을 가지시는 게……."

"아닙니다. 저는 계약대로 10%면 충분합니다."

"하지만 제 병도 고쳐주시고 우리 딸도……."

"그동안 명화가 고통받으며 살아온 보상이라고 생각하세요."

"우리 명화도 이 다음에 크면 변호사가 되고 싶다네요. 선생님처럼 억울하고 어려운 사람을 돕고 싶다고."

"그랬어?"

창규가 명화를 바라보았다.

"네."

"그럼 몸부터 건강해져야지. 건강해야 뭐든지 할 수 있거든."

"그럴 거예요. 의사선생님 말처럼 퇴원하면 운동도 열심히 하고 음식도 가리지 않고 먹고요."

"그래."

창규는 무심결에 명화 손을 잡았다.

"까악!"

그러자 비명이 울려 퍼졌다. 아차 싶었다. 무엇에 닿으면 살을 째는 듯한 통증을 느끼는 명화. 기쁜 마음에 그만 깜빡한 것이다. 그런데… 비명의 주인공은 명화가 아니었다. 고순희가 대신해 지른 것이다. 창규가 명화 손을 잡자 자신도 모르게 반응한 것. 하지만 명화가 비명을 지르지 않다 보니 고순희는 어리둥절할 뿐이었다.

"명화야······."

"이상하네. 변호사 선생님이 만지니까 안 아파."

"정말? 너, 다 나은 거야?"

"다 나은 건 아니고··· 전보다 덜하긴 한데··· 이것 봐. 괜찮잖아?"

창규 손을 잡은 명화가 고순희를 바라보았다.

"정말 다 나았나 봐?"

고순희가 명화 손을 잡았다.

"까악!"

그러자 명화가 자지러졌다. 전보다는 낮은 비명이지만 통증이 다 가신 건 아니었다.

"명화야······."

"이상해. 변호사 선생님은 안 아픈데······."

명화가 창규 손을 만질 때 한윤기가 들어섰다.

"그래?"

"설명을 들은 한윤기가 수술에 대해 설명했다.

"경막외 차단 요법을 썼거든요. 효과가 서서히 나타나는 것 같습니다. 어쩌면 한두 달 후에는 다시 학교에 다닐 수 있을 것 같습니다."

한윤기가 명화 어깨를 짚었다. 명화는 비명을 울리지 않았다. 그러자 고순희가 한숨 섞인 자책을 뱉어놓았다.

"아이고, 저년이 지 애미 죄 많은 걸 알고 나한테만 비명을 울리네. 이런 거는 변호사님이 어떻게 못 하시나요?"

"아하핫!"

그 말에 창규가 웃고 한윤기도 웃었다. 침대의 명화도 활짝 웃었다. 그때 창규 전화가 울렸다. 순비였다. 정기 검사일이 되어 병원에 온 그녀였다.

"가봐요. 사모님도 챙겨야지."

한윤기가 창규 등을 밀었다.

"변호사님 사모님도 어디 아프시나요?"

고순희가 한윤기를 바라보았다.

"심장하고 신장이 좀 안 좋으세요. 특히 신장······."

한윤기가 말끝을 흐렸다. 창규는 저만치서 순비를 향해 달리고 있었다.

"어머, 저런······."

"신장이식이 필요한데 쉽지가 않네요. 그리고 보면 우리 강 변호사님, 자기 눈의 들보는 빼지 못하고 남의 들보만 열심히 치우고 다니는 셈이지요."

'신장?'

고순희의 눈에 순비가 들어왔다. 고순희는 오래도록 순비를 바라보았다.

"여보!"

창규가 순비 앞에서 멈췄다.

"일 보는데 방해한 거 아니에요?"

"절대 아닙니다, 싸모님!"

"표정을 보니 소송이 잘 풀린 모양이네요?"

"그럼, 당신 남편인데."

"수고하셨어요."

"자, 그럼 진료받고 나오시죠. 오늘은 간만에 같이 외식?"

"저야 신나죠."

"오케이."

창유가 순비를 진료실로 밀어 넣었다.

─3억 수임료를 받게 된 교통사고 후유증 소송, 합의로 승소.

창규는 마음속에 또 하나의 승소 기록을 새겼다.

『승소머신 강변호사』 6권에 계속…

초대형 24시 만화방

신간 100%, 샤워실, 흡연실, 수면실(침대석), 커플석, 세탁기 완비

■ 광명 광명사거리역점 ■

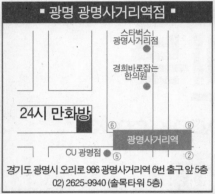

경기도 광명시 오리로 986 광명사거리역 6번 출구 앞 5층
02) 2625-9940 (솔목타워 5층)

■ 강북 노원역점 ■

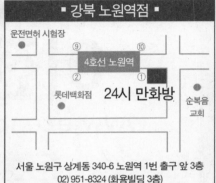

서울 노원구 상계동 340-6 노원역 1번 출구 앞 3층
02) 951-8324 (화용빌딩 3층)

■ 일산 정발산역점 ■

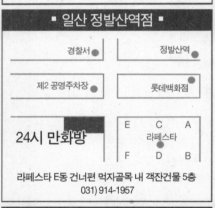

라페스타 E동 건너편 먹자골목 내 객잔건물 5층
031) 914-1957

■ 일산 화정역점 ■

경기도 고양시 덕양구 화정동 984번지 서일빌딩 7층
031) 979-4874 (서일사우나 건물 7층)

■ 부천 역곡역점 ■

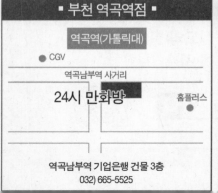

역곡남부역 기업은행 건물 3층
032) 665-5525

■ 부평역점 ■

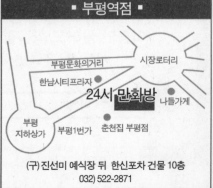

(구) 진선미 예식장 뒤 한신포차 건물 10층
032) 522-2871

설경구 장편소설

저니맨 김태식

한 팀에서 오래 머물지 못하고
이 팀, 저 팀을 옮겨 다니는
저니맨(Journey man)의 대명사, 김태식!
등 떠밀리듯 팀을 옮기기도 수차례.

"이게… 나라고?"

기적과 함께 그의 인생에 찾아온 두 번째 기회!

"이제부터 내가 뛸 팀은 내 의지로 선택한다!"

더 이상의 후회는 없다!
야구 역사를 바꿔놓을
그의 새로운 야구 인생이 펼쳐진다!

Book Publishing CHUNGEORAM

유행이 이닌 자유추구 -
WWW.chungeoram.com

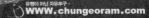

크레도 장편소설
FUSION FANTASTIC STORY

톱스타 이건우

열정만으로 성공하는 것은 아니다!
어중간한 실력으로 허송세월하던 이건우.

그의 앞에 닥친 갑작스러운 사고와 함께 떠오르는 기억.

'나는 죽었는데 살아 있어. 그건 전생? 도대체……'

전생부터 현생까지 이어지는 인연들.
그리고 옥선체화신공(玉仙體化神功)……

망나니처럼 살아온 이건우는 잊어라!
외모! 연기! 노래!
삼박자를 모두 갖춘 최고의 스타가 탄생한다!

Book Publishing CHUNGEORAM

유행이 아닌 자유추구 -
WWW.chungeoram.com

한의 韓醫
스페셜
리스트

가프 장편소설

FUSION FANTASTIC STORY

돌팔이 소리만 듣던 한의사 윤도.

달라지고 싶은 마음에 찾아간 중국 명의순례에서
버스 추락 사고에 휘말리고 마는데……

구사일생으로 살아 돌아온 지 30일.
전에 없던 스페셜한 능력들이 생겼다?

**초짜 한의사에서 화타, 편작 뺨치는 신의로!
세상의 모든 질병과 인술 구현에 도전한다!**

Book Publishing CHUNGEORAM

유행이 아닌 자유추구 -
WWW.chungeoram.com

킹묵 장편소설

여섯 영혼의 노래, 그리고 가수

FUSION FANTASTIC STORY

서번트 증후군(Savant syndrome).
자폐증을 앓고 있지만,
음악적 재능만큼은 타고난 윤후.

어느 날, 윤후에게 다섯 영혼이 찾아왔다!
그런데… 모두 음악에 관련된 사람들이라고?

여섯 명이 만드는 노래, 그리고 가수.
이 세상 음악 시장에 새로운 지평을 열다.

Book Publishing CHUNGEORAM

유행이 아닌 자유추구 -
WWW.chungeoram.com